ことば点描

外山滋比古

大修館書店

ことば点描　目次

地理的言語 I
第四人称・第五人称 16
センテンスとパラグラフ 38
敬語の論理 57
目のことばと耳のことば 72
ワレとナンジの間 87

多数決 103
あいさつ（ファティック） 119
外国語の意味 133
通信革命 146
あとがき 169

地理的言語

戦後、まだ間もないころ、あるアメリカ人のことばで考えさせられた。大学の英文科の教師たちのたまり場コモンルームで若いアメリカ人講師の話をきいているときである。

A rolling stone gathers no moss（ころがる石はコケをつけない）ということわざが使われた。このことわざはよく知っていたからおどろきはしなかったが、話の前後のつながりがおかしい。しばらくして、どうも、私の知っている意味とは逆の意味で使っているらしい、と見当をつけた。ちょっとびっくりする。

　このことわざは、イギリス生まれで、たえず仕事や住まいを変えるような人間は成功しない、という意味で、コケをお金ととって、そういう人間にはカネがたまらない、と解することもあることは知っていた。ところが、このアメリカ人は、その逆に、たえず動きまわっている人間にはコケなどつかず輝いている、といったニュアンスで使った。とっさには、この若いアメリカ人は教養が乏しくて、こんな有名なことわざの意味も知らないのか、と疑ったが、すぐ打ち消した。彼はれっきとしたインテリで文学研究をかじっている。こんな間違いをするはずがない。だとすれば、彼はイギリス流でない解釈でこのことわざを使っていると考えるよりほかない。アメリカにはこの教師と同じようにこのことわざを使っている人があるに違いない。そうだとすると、たいへんおもしろい問題になると考えた。

　そのころ、私は英語、英文学の専門誌「英語青年」の編集をしていたので、このことを編集後記の中でとりあげた。それを読んだ同僚の日本人教師が、やはり、同じような経験があると言い、「ひょっとすると、キミの発見かもしれない」とおだてた。この先輩はたいへん英語のよくできる人で、こう言ってくれたのに力づけられる思いだった。

ついでにあれこれ考えた。イギリスは安定社会であって、変化は好まれない。日本流にいえば、「石の上にも三年」に近いことわざが生まれるのは自然である。同種同文といってよいアメリカだが、社会は大きく異なって流動社会である。じっとしている方がよい、などといったことが受け入れられるわけがない。優秀な人材なら世間が放ってはおかない、スカウトされるなどして、新しい仕事へ移る。たえずころがっている石には、コケのようなもののつくわけがなく、いつもピカピカ、といった意味をつけて使っているのであろう。

そうはいっても確証はない。辞書などに当たっても何もわからない。英和辞書を編纂している同僚に話すと、彼は、アメリカ人の誤用、誤解だとあっさり片付けた。

一般英語という教養課程のクラスを受け持っていたので、四十名ほどの学生にアンケートに答えてもらった。ころがる石はいいのか、わるいのか。答えは六割が、アメリカ式に解し、残りが、イギリス風であった。（日本人にとって、コケが昔のように美しいものでなくなりつつあるのを暗示しているのがおもしろかった。これでは、「コケの生《む》すまで」の国歌がきらわれるわけだ。）

そうこうしていると、さきの辞書作り名人が、「やっと活字になっているのを見つけた」と知らせてくれた。ころがる石は優秀だという意味がアメリカで通用している、という。こうして、このことわざに相反する二つの意味があることはわかった。

日本で出た英和辞書が、はじめて、このことわざにふた通りの解釈があることを明記した。それにつづく別の英和辞書も両義を認めて併記して、半ば常識化した。イギリス、アメリカの辞書よりも先んじたわけだ。日本が英語の本場でないことが有利にはたらいている例である。日本の英和辞書がいち早くこれをとりあげたのは、さきの辞書作りの大家の力によるものだったと思う。

所変われば品変わる、というけれども、ことばも、所が変わると、違った意味をもつようになることをこれほどはっきり示している例も珍しい。少し注意すると、似たようなことのあることがわかってくる。

それをつきつめていくと、言語の性格ということに行きつく。つまり、ことばには歴史的性格・意味と、地理的性格と意味があるということである。時間の軸に沿って生成する言語と、空間を移動して変化する言語である。これまでは歴史主義的視点が絶対視されてきたため、地域、地理的な観点はほとんど問題にならなかった。世界が、一国、一地域に限られている間は歴史主義的言語は当然であるけれども、国境を越えるという事情が生じると、歴史主義の限界も反省されなくてはならない。

＊

小型の辞書はことばの勉強をするときに欠かせないもので、いろいろのものが流布している。

私自身、愛用しているのは英語と日本語の小辞典であるが、日本語の辞書は、〝字引き〟といわれるのがふさわしく、辞書作りの哲学を欠いているように思われる。

イギリス人は辞書作りにかけては世界一である。ドイツ人の勤勉さ、フランス人の国語愛、アメリカ人の進取によっても、とうとう国民的辞書を完成させることができなかった。

十九世紀中葉、一牧師の提言によってイギリスの大辞典の作成が企画され、七十年近くかかって『オックスフォード・イングリッシュ・ディクショナリ』(O・E・D)が完成した。すべての語について、文献上、最初の用例を確定、派生的語義も丹念に記録したものである。これに刺激されて、仏、独、米が同種の国民的大辞典編纂を始めるが、いずれも中途挫折した。

そのO・E・Dの子に当たるのがS・O・D(ショーター・O・D)、孫に当たるのがC・O・D（コンサイス・O・D）、さらにその子に当たるのがP・O・D（ポケット・O・D）である。子といい孫といっても、親辞書をただ小さくしただけでなく、独自の方針によって作られている。

大小、ということは別にして、もっともすぐれた英語辞書はO・E・DとP・O・Dである。しかし、両者は、性格においてまったく異なっているのである。

North（北）という語をP・O・Dで見ると「春秋分の日、赤道上に立って日没に面した人の右手の指のさす方向」といった定義がしてある。「北」とあれば「南の反対の方向」に近い辞書になれた目でこの定義を見るとびっくりする。このP・O・Dの定義なら、世界中どこにでも通用する。七つの海に植民地をもつイギリスにしてみれば、英本国を基準としていては、不都合が生じる。それを配慮すると、地理的言語観が浮かび上がってくる。

それがとくに注目されるのは大元のO・E・Dが、表紙のサブタイトルに「歴史的原則に準拠」（On Historical Principles）と明示していることである。これに対してヒ孫辞書は地理的視点に立っている。

O・E・Dが企画された十九世紀は、歴史学がもっとも有力な文化の原理であった。その中で考えられる国語辞書が歴史主義を標榜するのはきわめて自然で、わざわざ断るまでもなかったのである。それをことさら表に出したのは、O・E・Dの発行の始まった二十世紀初頭(一九二〇年代)、イギリスが世界最大の帝国になっていたからで、地理主義をとるべき条件がととのっていた。だからこそ、歴史主義をあきらかにする必要があった。

P・O・Dがわれわれ日本人にもたいへん親しみやすい、あたたか味のある辞書であるのも、その地理主義と無関係ではなかろう。

歴史、歴史主義思想は近代における中核的イデオロギーである。文字によって民族社会の原点に達することができるという暗黙の了解がある。もとのものがもっとも正しい。時とともに変化、悪くなるという考えも含んでいる。ヨーロッパの各国はきそって自己文化のルーツを求めた。そこに、分裂、闘争になる危険がある。歴史主義がナショナリズムを生み、他国との衝突をさけることができなかった。近代の三百年の大半を各国とも国際戦争についやさなくてはならなかった。ナショナリズムのことばは局外者、外国人に通じることを前提としない。どの国も独自文化の性質を誇示する。

それに風穴をあけたのがアメリカである。単一民族ではなく、多民族が共生する新世界では歴史主義はその力を失わなくてはならない。タテの歴史主義に代わってヨコの地理主義がはっきりあらわれたわけではないが、一般の人たちの土地、地理に関する関心は大きく、『ナショナル・ジオグラフィックス』というような地誌雑誌が何百万部も売れる。歴史主義社会では考えられないことだ。

アメリカが世界的影響を及ぼしているのも、地理主義のあらわれと見ることができる。

＊

歴史主義によることばの研究は、ことばのもっとも古い形、語源探究に向かうのは自然である。そのため比較言語が発達し、ほとんどのことばがその語源に達することができるようになった。(日本語が例外といってもよく、きわめて多くの主要語の語源が不明のままである。)

歴史主義的思想は書物、文学作品などにおいて源泉主義ともいうべきものを発達させる。作品においても、作者の原稿がもっとも価値をもつ。版本では、初版がもっとも評価され、あとの版ほど悪いテクスト・異本として斥《しりぞ》けられる。文献学は、そういう正しい、もっとも作者に近いテクストの確立を使命とする。流布本は価値なきものとされる。

十八世紀ドイツにおけるベックらによる文献学は世界的影響力をもち、わが国でも、芳賀矢一がこれをもち帰り、日本文献学をつくり上げた。今に至るまで支配的な学究のコードとなっている。

ここでちょっと脇道にそれるが、芭蕉は日本の文芸に新しい視点をとり入れた点でもっと評価されなくてはならない。歴史的言語に地理的考慮を加えた。

平安朝このかた、日本の詩人はことばの伝統にひかれていた。海を見たこともない歌人が、「淡路島通う千鳥のなくこえに…」などとして平気である。都にあってみちのくのことを詠み「秋風ぞ吹く白河の関」とやり、さすがに心配になって、戸を閉《とざ》し陽にやけてアリバイづくりをしたりというのも愛嬌である。

歌枕によって歌をつくるのが普通であったから現地を知らない、絵空事である。芭蕉も歌枕に影響されないわけではないけれども、歌枕を実地に歩くということで紀行文を書き、句をその中におさめるという手法を案出した。歴史主義に対してリアリズム的ということもできるが、地理的言語の発見があったと考えるべきである。『奥の細道』はその代表作。

作者の意図したテクストを再生、再現することは歴史的には価値のあることであるが、それだけでは、ことばの価値は十分にはわからない。傑作も愚作も、ただ、原形がはっきりすればよい、とするのは幼稚な思考である。作者の手をはなれるときに、芸術的、学術的にすぐれているかどうかがわからなくては、文献学にはただの記録保存の意味しかなくなる。

文献学のせいで、文学がおもしろくなくなった。すくなくとも、文学研究が実に索漠たるものになったことは否めない。

ことばは生きている。時とともに変貌するし、所によっても違った意味を帯びる。石はいつまでたっても石であるが、花の命は短くて、やがて枯れる。しかし、石よりも花の方が美しいと見るのが人間である。

文献学では、原文がすべてである。解釈はすべて異化と考える。翻訳を原理的に否定する。

日本人は、文献学以前、大昔から翻訳が嫌い、というか、得意でないのか、その昔、中国大陸から圧倒的言語文化が伝来したとき、これを自分たちのことばへ移すことを試みることなく、原文に返り点をつけて訓点読みするという実にユニークな転移を行なった。原文尊重ということからすれば模範的であるが、いち早く文献学的思考をとっていたことになる。

明治になってヨーロッパ語・英語が入ってきたときも、日本はまず、漢文式の訓点読みを試みた。あえなく失敗して、英文解釈法という方式を案出した。これにはいくらか地理的思考が認められる。解釈（トランスレーション）は水平移動のルールにほかならぬ。

日本人の解釈下手はそれくらいのことではどうにもならない。おびただしい翻訳書が出ているのに、三十年以上のいのちをもつものは数えるほどしかない。ほとんどの翻訳者が、原文忠実を信奉した。原文忠実を徹底すれば、翻訳そのものが成立しないという反省もなく、一世紀にわたって翻訳といえない翻訳が行なわれてきた。

イギリスのアーサー・ウェイリーの英訳『源氏物語』は文献学的思想、原文忠実とは無縁のコスモポリタニズム、地理的感覚によった偉業である。文献学にとらわれた国文学者が、これを古典の冒瀆と非難したのは当然のことである。

ナショナリズムの歴史主義的思想のもとでは、世界文学というのはことばでしかない。本当の世界文学は地理的言語観によって生まれるわけだが、いまだその作品がすくない。ウェイリーの『源氏物語』は目覚ましい金字塔である。

グローバルな言語を考えるとき、もうひとつ重要なのが、外交語である。ナショナリズムのことばで話し合っていたのでは、インタナショナルな問題は解決しない。タテのことばをはなれ、ヨコのことば、つまり地理主義のことばでコミュニケイションを行なう必要がある。ナショナリズムの言語ではかつてのように国際戦争を繰り返すほかない。

ナショナリズムを超越した言語があるわけではないから、かつてはフランス語か、いまは英語がインタナショナルなことばとして用いられている。英語でも、英米にまたがっているとはいえ、れっきとしたナショナル言語である。本当に国際的になるにはもっと地理的性格をつよめる必要がある。

国連で新興国の代表がおもしろい英語を話している。やはりインタナショナル言語の尖端をゆくものである。先進国がナショナルな言語、歴史主義的思想に色づけされた英語をあえてすてるくらいの決断がない限り、世界の平和は望めないかもしれない。とりあえず、地理的言語が重要であるという認識が緊要である。非英語国の日本は、地理的言語の問題を考えるのにもっとも適した立場にあると考えてよいように思われる。

第四人称・第五人称

私は自分の出した本を知友、先輩などに差し上げないことにしている。若いころは、自分の本が出るのが珍しく、おもしろかったから、人並みに寄贈していたが、あるとき翻然、さとるところがあって、それをやめることにした。四十年以上も前のことで、これまでずっとその方針を貫いてきた。多少のごたごたはまぬがれない。

つい先日も、中学のときの同級生が電話してきた。

「また本が出たらしいが、例によってくれない。おれたちくらい、くれてもよさそうなもんだ」

「親しい人には読んでもらいたくない」

「読まれたくない本をどうして出す？」

「まったく知らない人にはひとりでも多く読んでもらいたいが、知り合いには読まれたくない」

「どうもキミの言うことはよくわからん」

いつもこんなやりとりをするのである。私は自分の書いたものが活字になっても決して見ない。家族にも読んでほしくないと申し渡していやがられている。知っている人間の書いたものを純粋な読者として読むことは難しく、読んでもおもしろくないのが普通である。まるで縁のない読者が読めば、著者の予想しないような読み方をするだろう。誤読といってもよいが、それは著者の想定外の意味だから、かえっておもしろい。

つまり、私は自分の本を〝第四人称〟読者に読まれたいのである。しかし、そんなことをいちいち説明するわけにはいかない。第四人称というのは私の造語で、まだどこでも認知されていないのである。

＊

文法は、人間を三分類して、第一人称、第二人称、第三人称とする。第一人称は話者（筆者）自身であり、第二人称はそれを受ける側、第三人称は、それ以外のすべてである。第三人称には人間だけでなく無生物も含まれるから、人称という用語のすわりはよろしくない。

三つの人称それぞれに複数形がある。第二人称、第三人称が複数をもっていても構わないが、第一人称は「私」である。その複数、「われわれ」は、「私」が二つ以上あることになっておもしろくない。近似複数などと苦しい用語をこしらえた文法学者もあるが、論理からはみ出しているのはいかんともしがたい。

それはとにかく、文法は、第一人称、第二人称、第三人称で、世界のすべてを表現できると考えたのであるが、これはあくまで、言語学的範疇である。第一人称を中心にした考え方である。

世の中は、言語的、文法的思考を超えた現象を包含して複雑である。文法の人称は、発言者、話者中心である。したがって聴者の立場は埋没している。ことばがコミュニケイションの手段であるとするならば、受容をあいまいにすることはできないはずである。三人称体制では伝達の美学を解明することが難しい。もうひとつコンテクストが考えられるのに、その概念があいまいであるといわなくてはならない。第一人称から第三人称まででコンテクストは成立するけれども、そのほかのコンテクストの存在を考慮しないところがあって、ことばのおもしろさ、美学の成立を妨げているように思われる。

意味はコンテクストによって定まる、というのは妥当であるが、コンテクストが変わると、ことばの意味が大きく変貌することを説明するのは文法の役目ではない。したがって、超コンテクストの意味はあいまいのままである。

下世話な例で言うならば、「のぞき、立ち聞き」のおもしろさは、第一人称第二人称第三人称だけの枠では説明できないのである。

ある家で、家族が言い争っている、とする。当事者たちにとっては不愉快なやりとりである。ところが、外を通りがかった人が、隙き間からその様子を垣間見たとする。この人はたいへんな好奇心をそそられてつよい興味をいだくのが普通である。まるで関心を示さず通りすぎるのはむしろ異常であろう。家族を包むコンテクスト内においてはつまらぬことが、その外のコンテクストに立つ人にとっては興味津々、おもしろいものになる。表現、ことばの意味はコンテクストの壁を超えるときに激変するのである。そのことを言語学は問題にしないけれども、人情を考慮するなら、局外におけるコミュニケイションはまさに決定的意義をもっていることになる。

火事とケンカは大きいほどおもしろい、というのも、非当事者コンテクストの反応である。対岸の火事なら大きい方がおもしろい。自分の家なら話はまったく別である。焼けているのが、自分の家でなくても縁のあるところであれば、高みの見物などできない。おもしろいどころではなくなる。

＊

異コンテクストのものがおもしろいことをもっとも古く発見したのは演劇であっただろうと想像される。

演劇はつまり見せものである。見物する人間にとって、ありきたりの日常的なことよりも、現実にはめったにない異常なものや非日常的なことの方が見ごたえがある。演劇が浮世ばなれしたり、反社会的になるのは是非もない。

ギリシアはもっとも古く演劇の栄えた国であったが、演劇を作る人（詩人）を是認できないと考える哲学者があらわれた。プラトンは、自分の考えた「共和国」に詩人を入れることを拒んだ。殺人や悪事をも美化するのを不当としたのであろう。演劇を作る人、演ずる人たちと観客とを同一次元でとらえていたからである。言いかえると、観客は舞台に立つ役者と同じコンテクストに立っていると解したのである。役者の世界が第一人称から第三人称であるとして、プラトンにとって観客は第三人称の一部であった。そうすると観客にとって悪は舞台でも悪であるということになる。それで、人殺しなどを美化することは許されない、詩人を追放せよ、ということになる。

これは困った問題である。演劇を見て喜ぶ人が多いのに、それを作る人たちを承認しないということ自体が別の意味で反社会的であるといってよい。

これにうまい答えを出したのが、プラトンの弟子筋にあたるアリストテレスである。彼は、有名なカタルシス説というもので、演劇の没社会性を救った。ギリシア以降、ヨーロッパにおいて、芸術の反社会性が問題になるごとに、かならず引き合いに出されてきた、有用な考えである。

人間は生きている間に有害な感情、よくない情緒を生じる。これをそのままにしておくと人間にとって深刻な害を及ぼすおそれがある。それでこの感情を排除しなくてはならないが、もっとも有効なものは、同類の悪に接することである。つまり、よくない行為や事件などを見ることによって、同質の体の毒を排出してしまう。下剤によって腸内をきれいにするようなもので、アリストテレスはこの過程をカタルシス（浄化）と呼んだ。毒をもって毒を制するのにいくらか通じるところがあって巧みな説明である。

カタルシスではしかし、演劇の観客を舞台上の演者と区別することはできない。ギリシア劇が円形劇場といわれるもので演ぜられて、見るものと演ずるものの区別はそれほどはっきりしていなかったから、両者の区分がはっきりしなかったのはむしろ当然である。

円形劇場が額縁劇場へ移行していくにつれて、役者と見物客の心理的距離は大きくなり、ついに、舞台と客席の間にカーテン、幕を設けて両者を仕切るようになる。それでいやでも両者は別々の世界にいることを実感する仕掛けである。もちろん、観客が〝われを忘れて〟舞台に没入することは充分ありうることであるが、そういういわば没我的観賞はいくらか幼いところがある。

観客は意識するとしないとを問わず、舞台をのぞき見しているのである。

額縁舞台は、部屋の一面の壁をとり外してそこから観客が集団的に〝のぞき見〟している構造である。のぞき見ている人間は、舞台上の人間とは別種の存在である。舞台上の人間が、第一人称から第三人称であるとするならば、観客はその枠外、第四人称であることになる。第四人称は演劇によっていち早く生まれたが、現在にいたるまで名前がなかった。第四人称はその名称である。異コンテクストの担い手が第四人称である。

＊

会話をしている人間は同一コンテクストに属している。その場にいないものはすべて第三人称に扱われる。そしてそれ以外のものを考える必要がない。演劇はそれを独立遊離させるから、第四人称が介入してくる。文法はこの間のことに目をつむったから、三人称ですべてを包括したと考えた。芝居のおもしろさは三人称だけでは説明がつかない。プラトンがフィクションの価値を否定したのも三人称世界の外へ出られなかったからである。アリストテレスは、この問題を回避して社会的有効性で処理したのであった。

演劇によって存在がたしかめられた第四人称がはっきり意識されるようになるのは、本の読者によってである。書物、作品の著者、作者は、はっきり別世界の存在であることが一般に認識されるようになって、読書ということが知的活動として意味をもつようになり教育の手段としても重視されるようになった。しかし、なお、読者と著作者とが異コンテクストに立っているとする認識は充分ではない。

本を読むのも、本質的には、演劇を見るのと同じであるということができる。書き手のコンテクストを読み手のコンテクストに立って垣間見るのがリーディングである。本の中が三人称世界であるなら、読者はそこには入らないで、その外の第四人称であることになる。読者は直接、著作者から呼びかけられ話しかけられる相手ではなく、やはり、のぞき、立ち聞きをしているのである。そして、おもしろいことに、第一人称から第三人称までの著作者の世界は、第四人称の読者に読まれたとき、新しい意味・価値をもつのである。

つまり、書き手と読み手とは交流してはいけない、交流しない方が興味ぶかく読むことができるのである。書き手、読み手とも、この断絶の関係が充分にわかっていない。書き手のことが知りたくて知識を集めるなどという読者が、研究者だと思い違いをする。方法論的に間違っていることになる。表現のおもしろさは、きわめて多く、第四人称的異読、異解にもとづいていることを、なお、多くの人たちが知らずにいる。

読者は著作者を知りすぎてはいけない。充分に異コンテクストでないと、解釈の自由が制約されておもしろくないのである。家族の書いた小説を読んで感動するというのはむしろ例外であろう。友人の書いたものよりまったく未知の人の書いた本の方がおもしろいことが多いのは当然である。外国人の書いたものだと、何でもないことがおもしろくなる。

この稿のはじめにのべたこと、親しい友人に本を贈らない、贈りたくないという気持は、自分は、第四人称読者のために書いているのだという覚悟の裏返しである。第四人称読者の存在を解しない人々に通じないのは是非もない。

とはいっても、現代、きわめて多くの人が第四人称読者、受け手である。新聞記事は読者にとって、未知の世界についての記事が主になっている。よその国の戦争報道がおもしろいのも、よその国の戦争に対して、読者はほぼ完全に局外者でありうるからである。自国の戦争の記事を読むのは苦痛であるが、対岸の火事なら大きいほど張り合いがある。ジャーナリズムは古くから、凶悪事件、犯罪、動乱をせっせと報じてきたが、つまり、第四人称読者のご機嫌をとっていたのである。

読者は〝知る権利〟などといってひどいニュースを歓迎するが、まかり間違って、ニュースが第三人称的になると、読者はとたんに、プライバシーが侵されたなどと騒ぐのだ。

裁判は見せものではないが、話題の人の裁判には傍聴者が多い。もっともらしい理由をつけるかもしれないが、要するに、傍聴は、のぞきであり立ち聞きであって、おもしろいのである。裁判員になれといわれて、ほとんどの人が尻ごみしたのは、裁判員は、法廷において、第二第三人称的存在だからで、その責任が恐怖に近い気持をいだかせたのである。

人生は、当事者としては、苦しきことのみ多かりき、となるが、高みの見物となればどんな悲劇もけっこうおもしろいのである。人間に第四人称のはたらきが与えられたのは、苦しみ多き人間に天の与えた緩和であると考えてもよいかもしれない。その性格がいつまでも明確にされないでいるのは人知の怠慢といってよいであろう。

＊

イギリスに「タイムズ文芸附録」（*Time's Literary Supplement*）という書評週刊紙がある。もっとも権威のある書評で有名である。すべて無署名であるが、いわゆる匿名批評ではない。大家と目される人が喜んで書いているらしい。（このごろ日本の新聞の書評が肩書きつきで名前を出して書評を載せているが、新しい書評を得ようと考えているのであろうか。だいたい名前を出した書評が無署名書評より自由に本当のことが言えると断言できるレヴューアーがそんなにあるとは思われない。）

その「タイムズ文芸附録」（T・L・S）が、以前、五十年近く前のこと、おどろくべき特集号を出した。「二十五年後」というテーマで、四半世紀前の書評を、そのまま再録したのである。雑誌の権威と誠実さに対するよほどの自信がなくては考えられないことである。厳正公平な書評であれば二十五年くらいたっても、価値を失うことはあるまい。そう考えても不思議はない。

ところがそうではない、ということを実証した。それをあえてした編集者の見識というものに読者は深く感銘するのである。はじめて出たときの書評はいずれも世人の賛同、あるいは支持を受けたもので、そうでないものがＴ・Ｌ・Ｓに載るわけがないのである。ところが、二十五年たって見ると、多くの評が的を射ていないということを一般読者でさえもはっきり気付くのである。新読者にとって名も知らないような本が名著の扱いを受けているかと思うと、評者から酷評を受けた本が、新しい読者にとっては定評のある労作になっていたりする。

どうして、そんなことになるのか。

読者が一変しているからである。二十五年前の読者、書評家と再録版の読者は異類である。もとの読者を第四人称であるとするなら再録版の読者は第五人称読者である。もとの読者は第四人称はもとのコンテクストの外にある享受者であるが、そのまた外に時間の経過した新しいコンテクストに属する第五人称読者がいる、というわけである。第四人称は社会的であるのに対して、第五人称は歴史的である。第四人称は評判のベストセラーをつくり上げることはできるけれども、三十年、五十年先のことはわからない。三十年、五十年たって確立するのが古典であるとするならば、第四人称読者では古典をつくることはできない。〝後世〟である第五人称読者によって、同時代評価を止揚した古典作品が生まれる。

古典は作者著者だけによって完成しない。第四人称読者によっても確定しない、時の試練を代表する第五人称読者によって成立するのである。いまの文学史は、どこの国においても、このことを理解していないように思われる。文献学的方法による文学史は、第四人称読者の存在さえも許容せず、著作者にもっとも近い原稿が決定的、絶対的価値をもつと考える。それによって、文学の理解ははなはだ浅薄なものにならざるを得なかった。文献学は古典の成立を説明できない。第四人称享受者によって、著作者のあずかり知らぬ〝異本〟が生まれる。さらにその第四人称から何十年もして第五人称読者を生じ、ここで時代と社会を超越する古典が成立、確立する。文学史が価値をもつためには、この第五人称視点に立つことが必要である。第五人称読者に相手にされない作品は湮滅する。

『ガリバー旅行記』(*Gulliver's Travels*　ジョナサン・スイフト　Jonathan Swift作)はいまは世界的な児童文学であるが、もとからそうであったわけではない。作者は、十八世紀初頭、イギリス政界の腐敗に憤慨、これを弾劾しようとしたのである。実名を出せばもちろん名誉棄損でやられるおそれがある。それがわかっているので、動物を登場させ、架空のストーリーをからませた諷刺の作品に仕立てた。

諷刺作品はもともと、第四人称読者を念頭においている形式で、普通の小説などとは異なるもので、知的訓練を受けた読者は特異な興味をもつものである。ただ、時がたつにつれて、諷刺の対象がはっきりしなくなることもあって、諷刺で長く読まれる作品はきわめてすくない。

『ガリバー旅行記』も、十九世紀に入ると、何を、何人を諷刺しているのか、もとの第四人称ならわかっていたことが、だんだんわからなくなりだした。作品にとっては死活の問題である。そのとき第五人称読者があらわれたのである。この新しい読者は、諷刺を写実として〝読み替え〟を行なった。間接的表現、諷刺がこうした新しい読者、第五人称読者によって新しい解釈を受けるようになった。見方によっては、誤読、曲解といってもよいかもしれない。

しかし、この新しい読み方をする第五人称読者がどんどんふえて、その方がおもしろいということで、いつしか、定評となってしまう。都合よく再編集してこども向きの本になり、やがて古典となった。諷刺のままではとっくに消えてしまっていたであろう作品が、こうして古典になった。影の第五人称読者の力である。文学史は作者ではなく、第五人称読者がつくる。

『源氏物語』は千年昔の作品で、もともとがどういうものであったか、いまとなってはたしかなことはわからない。というのも原稿はおろか、古い版本がすべて湮滅してしまっているからで、たしかな写本は鎌倉期からである。どうして、二百年もの間の版本がすべて姿を消してしまったのか、いまとなっては知る術もない。都に大火があり古版本がこぞって灰塵に帰したという説もあるが信ずることは難しい。もっと本質的な理由があっていっせいに、『源氏物語』のみでなく古くからの稿本がすべて消滅したものと考えるほかない。

鎌倉期の写本をこしらえたのは、平安期のもとの読者とはまったく違っていたと考えられる。いま伝わっているもののもとは、第四人称ではなく第五人称読者によって作られた異本であることはたしかであろう。第四人称の写本家のテクストがひとつも残っていない以上、これをもっとも信ずべき版本とするほかはない。

『源氏物語』は二十世紀になって目ざましい第五人称読者、翻訳家にめぐり会うことになる。イギリス人のアーサー・ウェイリーである。『源氏物語』を現代英語で訳したのである。それにひかれてか日本人も谷崎潤一郎をはじめ、作家たちが現代語訳を試みた。

アーサー・ウェイリーの訳は自由奔放といってよいもので、英語にしてもわかりにくいと思われる部分はどんどん落とし、和歌は原則として訳さなかった。それを見て日本の国文学者が、この英訳を翻訳にあらず、原作を冒瀆するものだと非難した。彼らも第五人称的享受者ではあったが、外国人のウェイリーほどに独立性のつよい異本作をつくることはできなかったのである。

しかし、ウェイリーの英訳によって『源氏物語』が世界文学となったことは否定できない。原文忠実、原典から離れることを怖がる文献学的学者なら、そもそも、英訳など試みるわけがない。平安朝の作品が二十世紀に第五人称的享受者、訳者を得たのは作品の生命を考えるならば、喜んでよいことと思われる。

ひるがえってわが国の外国文学者は、明治以来、おびただしい数の翻訳をしてきたが、日本の文学と同じように読まれるという例はほとんどなかった。森鷗外訳アンデルセン『即興詩人』は、読者に翻訳であることを忘れさせたと言われる点で、第五人称訳者であったとしてよい。上田敏の『海潮音』は訳詩の枠を外れて読者に親しまれた。こういうのはあくまで例外で、多くは、原文忠実と称する、ことばの置きかえのようなものであったとしても過言ではない。

原文忠実主義は、第五人称的訳者になる力量と勇気に欠ける翻訳者の自己弁護の隠れミノといってよい。そういう臆病な訳者から世界文学は生まれない。逆にいうと、第五人称作者（訳者をふくめて）によってのみ世界文学は成立するということである。この点、おくれているのは日本だけではない。ほとんどの国においてしっかりした第五人称的制作者、翻訳は存在しない。経済などにおいてはとっくに世界的ということが存在するのに、文化については、なお狭いナショナリズムの殻から出ることが困難であるように思われる。

翻訳からは離れるが、古くから語り伝えられてきたおとぎ話が、冒頭に「むかしむかしあるところに」ということばを置いている。これは、物語を作った人たちが、受け手を、第四人称、第五人称と考えていることを示すものとして興味ぶかい。英語の昔話は「かってむかし」（Once upon a time）と歴史的にのべられているが、地域性がはっきりしないで漠然と示されることが多い。しかし、第五人称的関係を想定していることは東西、共通している。人間の想像力の普遍性のあらわれと見ることができよう。

第五人称は古典、メルヘンの世界である。遠くはるかな文学は第五人称の座において定立する。

よくわからない外国文学の方が自国の文学作品よりおもしろいというのは、外国文学読者の心にかかる謎であるが、第四人称と第五人称の観点を考慮すれば、不思議ではなくなる。外国の作品、表現を読む人間はもっとも高度に第四人称的であり、第五人称的でありうるということを認めれば、文献学によっていためつけられてきた表現のおもしろさが生きかえる。第四、第五人称は、異本と古典を創り出す場である。それを認めなくては表現の生命と力を認めることが難しい。

古典、世界文学は作者だけによって生まれるのではない。アウトサイダーの第四人称、第五人称享受者の参加によってつくられる異本が不可欠である。この点で、外国人はネイティブ・リーダーにない強味をもっているといってよい。さらに古典成立、世界文学の承認について、外国の享受者、読者のはたらきはいよいよ大きくなる可能性がある。

センテンスとパラグラフ

「だいたい日本人はセンテンスをしゃべっていませんね」

私がそう言ったら座が白けてみんな口をつぐんでしまった。NHKの放送用語委員会の例会で議論とも雑談ともつかぬことを話し合っていたときである。

それまで、はっきり、そう思ったことはなかったから、そのときの話に触発されたかのように頭に浮かんだのだった。こんなことに気付いている人はないのではないか。ひょっとすると小さな発見かもしれない。自分ではそう思うと興奮した。今からかれこれ四十年は前のことだが、いまもはっきり覚えている。

日常、人がことばを使うのは、相手あってのことで、独りごとは別として、近くにいる人に話しかける。相手がそれに応えてことばを返すわけだが、ひとりでえんえんとしゃべるのは憚られる。なるべく手短に話す。言いたいことを全部言い切らずに、余白をのこして相手に出番をまわす。

「あれ、どう？」

「しなくちゃ、早いうちに」

「当分、手があかないが…」

「たいした手間ではないんだから」

当人同士はこれで意思は疎通している。こまかいことは言う必要がない。へたにわかり切ったことを言えば、相手はうるさい、わかっている、クドいなどと思う。半分か七分言ったところで、相手に話をわたす。相手はそれに乗って、のこりを埋める。こういうかけ合いが会話になるのが日本語である。別な言い方をすれば、ことばの始末をつけ、結末をつけるのを好まない、というか、怖れている。

いつも半分は相手に下駄をあずけた話し方が大人のことばである。言い切るのは、話し手の勝手がすぎる、いく分ことばにならない、空白をもっていないとおもしろくない。理屈ではなく気持、心理の問題である。文法の出る幕ではない。センテンスなどを意識してしゃべる日本人は例外的である。

「こちらは加藤でございますが。内藤様はいらっしゃいますでしょうか」

とやるところを、

「こちらは加藤です。内藤様はいらっしゃいますか」

とした方が、形としてはととのっているけれども、ことばとしては品が下がる。露わであるのは失礼である。適当にぼかすと、やわらか味、あたたか味が出る。社交的効果である。〃言い切る〃のは相手にやさしくないことばであるという心理に支配されると、いつしか完結、フルストップを忘れるようになる。ひいてはことばのブレーキが甘くなる。ブレーキのききが悪いとどうなるか。いうまでもないこと、話の締めくくりがまずくなる。

それが端的にあらわれるのがスピーチである。もともと日本語にはスピーチに当たるものがなかった。ひとりしゃべりは原則、承認されてこなかったのだから当然である。そんなこともわからずに、外国の真似をしてスピーチが流行した。戦後ひところから始まった結婚披露で、スピーチがつきもののようになったのはいいが、話し方を教わったことのない人間ばかりで、スピーチで何を話せばいいのか、心得のある人もなく、むやみにスピーチをさせた。中味は論外として、話のケリがつかない。ブレーキがまるできかない。「さいごに申し上げますが…」というからやれやれ終わってくれるかと思うと「ついでにもうひとつお聞きいただき…」とくる。それでも終わるとは限らず、ズルズル駄弁を弄しつづける。

調理場のコックたちがしびれを切らす。

「スープがさめてしまうじゃないか」

「スピーチはスカートと同じ」

「短ければ短いほどいい」

シェフが貫録をもってとどめを刺す。

「どちらもなけりゃいちばんいい」

そんなジョークが広まった。そのためかどうかはわからないが、パーティーのスピーチがだんだん下火になった。しないわけにはいかないときは三分間の原則が適用される。話の長くなりそうな長老は、敬遠して、乾盃の音頭をとらせるが、ブレーキのこわれたポンコツ車は、乾盃を忘れてえんえんとしゃべり、コップの中のビールの泡がきえる。

こういうことはすべて、センテンスをしゃべらないことに起因しているように思われるが、一般には関心がない。

ことばは一日にして変わらず、である。

話すことばのセンテンスの認識があいまいなのは、昨今に始まったことではなく、大昔からそうであったと思われる。話すことばの大昔のことはわからないが、文字になったものを見ても、切れているのか、続いているのかわからない文章はすこしも珍しくない。

それを形の上ではっきりさせるのが句読法である。センテンスのあとには句点、区切りのところには読点をつけるのが、今の文法である。ところが、伝統的に日本の文章には句読点がなかった。『源氏物語』も『平家物語』も、句読点がない。いまの版本にはみなついているが、それは後人の加工である。句読点をつけない文章は不備であるように考えるのは当たらない。読む人を信頼すれば、よけいなものをつけるのは、親切ではなく、失礼になる。句読点はもともと、読み手を助けるもので、しっかりした読者、見識のある受け手であれば、そんなものがなくても充分わかってもらえる。そういう気持があれば、句読法は無用である。

明治のはじめ、外国語に句読点のあるのを見て、これを導入するのが文明開化の一端であった。よくはわからないが、文末にマル、句末にテンをつける。それくらいの知識で始まった日本の句読点である。はっきりした使い方を知る人はほとんどなかった。

戦後になってからでも事情はあまり変わるところがなかった。すぐれた詩人が

「朝食事をしてから外出しひるすぎに帰ってきた」

というような文章で、

「朝、食事をしてから、外出し、ひるすぎに、帰ってきた」

「朝食事をしてから外出し、ひるすぎに帰ってきた」

のどれがいいのか、わからないというようなことをのべて注目された。一般の人はいつも句読に迷いながら文章を書いている。読点がことに厄介である。こまかくつけるのはうるさい。かといって、すくないと意味がまぎらわしくなるおそれがある。公式、正式にはいっさい句読点をつけないのである。現在でも改まった案内状などにはテン、マルのない丸腰の文章が印刷される。明治に制定された法律の条文は句読点がついていない。さらに、濁点もないから、いまの人はびっくりする。たとえば、

「刑法第一条　本法ハ何人ヲ問ハス日本国内ニ於テ非ヲ犯シタル者ニ適用ス」

といった具合である。

書道でも句読点はつけない。つけては見苦しいだろう。毛筆書きの手紙など書く人はいまはほとんどないだろうが、奉書巻紙の書簡にテンやマルが入ったら不様なことになる。つまり句読点をつけると、相手を見下していることになって、相手を立てるのを尚《とうと》ぶところにおいては、もともとなじまないのである。

戦後、漢字制限が行なわれたために句読が混乱した。日本語は、漢字仮名まじりの文章であるために読点がなくても読みにくいことはなかったが、漢字が使えなくなると、仮名ばかりつづくことが多くなり、読みにくいので、新しく読点がつかわれるようになり、ルールが乱れた。そもそも、センテンスの終わりにつける終止符、マルを句点というのからしておかしいといえばおかしいのである。〝文点〟といわないのはセンテンスを認めず、句、フレーズとして扱っていることを暗示している。「日本人はセンテンスをしゃべらない」というのはやはり日本語の一面をとらえたものであるといってよかろう。

俳句は世界最短小の詩であるが、やはり、日本語のセンテンス欠落性を反映している。俳句は五、七、五の三つの句が並んでいる。その句がそれぞれ省略されたセンテンスの性格を帯びるのである。切れ字などは終止符の役割を果たしていて、その句がセンテンス相当（エクイヴァレント）であることを示していると解することができる。俳句は多く複数のセンテンス・エクイヴァレントを含みながら、それをあらわす句読を拒んで、丸腰のフレーズの集合である。こういう文法的特性をもった詩はほかの言語では考えることもできないだろう。短歌もほぼ同じである。俳句も短歌も、センテンスをもっていない。句、フレーズで構成されているが、その表示をひかえて受け手の解釈に委ねるところがはなはだユニークである。俳句や短歌に句読点がついたら、日本語は大きく変わるだろう。俳句も短歌もいわゆるセンテンスとは別の構造をもっている。

＊

印刷された文章には、ごく短いものでない限り、段落がついている。一字下げて新しい段落を始める。この一字下げる作法は小学生の作文でもよく守られている。つまり、形式的にははっきりしているのだが、段落とはいかなるものかについては、こどもはもちろん教える教師にも充分にははっきりしていない。

ある言語学者は小学生のとき国語の時間に「この文段の大意をのべよ」という問題を出されて答えられず、それがきっかけになって、ことばに関心をもつようになったという。やはり、よく説明もされないまま、文段の意味を求められたのである。〝文段〟というのは段落のことであるが、以前は、これがむしろ段落より多く使われていたようである。いまは、段落が普通であるが、理解が充分でないのは変わりがない。

どうして段落の概念、理解があやふやなのか。

借りものだからである。

日本語はもともと段落というものを知らなかった。長い文章でも、えんえんと続いて、区切りをつけるということをしないのである。日本語にはもともと句読点がなかったが、段落も同じようになかったのである。外国語の文章がパラグラフで区切られているのを見て、それに倣うのが文明開化だと考え、一字下げるルールを真似たのである。どういうところで段落を改めるかというのは、にわかに真似られることではない。大きく文脈の変わるところで新しい段落を始める、くらいのものであった。

段落を採用したのは、句読点がそうであったように、文部省の国定教科書が最初であった。どちらも明治二十年代後半のことである。昔のお役所はずいぶん進歩的であったわけで、一般は長い間段落などというものにかかずらわなかった。興味深いのは、社会の木鐸をもって任じた新聞がまるで問題にしなかったことで、はっきりパラグラフ、段落をとり入れたのは戦後になってからである。いまではちょっと信じられないようなことがあったのである。文中に▼をつけて区切るスタイルはごく最近まで見られたが、段落とはもちろん違う区切りだ。

新聞がそういう有様だから、一般が段落という重要な様式が存在することをはっきりと認識していることはまずない、といってもよい。学校の教師も、段落をしっかり理解していないけれども、だれもそれをとがめるものがなかったからのんきなものである。ある大学の国文学の教授は、学生に「二百字くらいしたら、段落にしなさい」と教えたそうだ。

ヨーロッパの言語では、英語が日本にとってはもっとも身近なことばであるが、語、句、センテンス、パラグラフという順の組織になっている。長い間の鎖国を解いた日本のふれた外国語で、まず問題になったのは、単語であった。これに訳語をつけることに最大のエネルギーが注がれた。すぐれた頭脳が、うまい訳語をつぎつぎに創出し、それによって、外国語がわかったように思ったのも、当時の文化の状況からして、いたしかたもなかった。単語レベルでの移入で、能事終われたりとしたわけではなかっただろうが、句、センテンスについての理解の努力はかならずしも充分とはいえなかった。

そういう中で、センテンスの上の単位である段落がおざなりな扱いを受けたのはむしろ当然であった。そんなことは考えなくても外国語はわかる、日本語ではそんなものは不可欠ではない、と考えても不思議ではない。明治以来、段落の無視、軽視は負の遺産で、現在なおその影響に苦しんでいるといってもよい。いま、パラグラフ、段落について明快な説明のできる知識人はきわめて限られていると見てよいだろう。大多数の人にとってパラグラフの感覚は無縁なものである。

パラグラフのセンスがないばかりにひどく苦しんだのがかつての受験生である。いまはすこし違うが、かつての入試の英語の問題は原則、一パラグラフを和訳することを要求するものであった。受験生のほとんどが、その英文がパラグラフであることを知らない。センテンスのつながった長文だと考える。たいへん難しいことを、それとも知らずにさせられたわけである。

入試の英語の答案を見ると、白紙というのがかなりある。そういう答案でも、よく見ると、問題の原文のはじめの二、三行のところで苦闘したらしいあとが見られた。鉛筆を右往左往させたあとがいたましい。何度も挑戦しても、その壁が破れず降参して白旗ならぬ白紙の答案になった涙ぐましい痕跡である。

そういう受験生がもし、英語のパラグラフの構造というものを知っていれば、はじめの数行にこだわり、絶望する、ということはまぬがれられたに違いない。全体の文章を最後まで読めば、壁と思われたものが、実は幕であったということがわかる可能性がつよいのである。

英語の標準的というか模範的パラグラフは通常、三部構造になっている。それをA、B、Cとすると、Aははじめの二、三行、Bはそれにつづく十行くらい、Cは締めくくりの数行である。Aは抽象的、一般論的表現である。Bは、具体的で、はじめに、「たとえば」というような導入の句がおかれることが多い。A部の動詞が現在形が多いのに対して、B部の動詞は過去形が中心になる。C部はふたたび抽象的表現に戻り、現在形動詞が主になるのである。明快な文章であるという印象を与える文章（入試問題にはそういう文章が選ばれることが多い）には、このA、B、Cが同心円のように重なりあっているのである。

かつて入試の受験生を悩ましたのは、このAの部分、日本人には困難なところである。わからないから撤退してしまうのがすくなくないが、次のBの部分なら、具体的でずっとわかりやすい例話である。そしてBとAが同じことをのべているとわかっていれば、BによってAを解くことは容易である。CはAのヴァリエイションだから、問題ではない。

こういう標準的パラグラフを書いたイギリス人はかならずしも多くないが、サマセット・モームの散文はお手本のようなものであった。戦後の大学入試でモームの文章が頻出したのは偶然ではない。同じ年に同じ箇所のモームの文章が複数の大学で出題されるということもあった。（ということは、パラグラフのセンスのある出題者が多くあったことを想像させる。）

典型的パラグラフは三層構造であり、はじめの部分がもっとも重要で、まん中がこれにつづき、終わりはそのまとまりをつける。頭部重心型であり、▽型の、しっかりした単位である。これを積み重ねればいくらでも大きな長篇の文章を作ることができる。いわばレンガのようなものだと考えることができる。英語のパラグラフは、三層構造で、逆三角型、堅牢な単位だと要約できるだろう。

日本語日本文には古来、パラグラフの考えがなく、ことばをつないで文章にするしかなかったが、話すことばでは、多少、パラグラフの感覚がはたらいているものもある。落語にもある。一つの話が一つのパラグラフ的構造をもっている。落語は、まくら、本題、下げ落ちの三部構成をもっている。英語のパラグラフと違うのは、はじめの部分より最後の下げ落ちの方に重心があることで、英語のパラグラフが▽型であったのと正反対に△型であって、重心は最後の部分にある。

もうひとつ日本語のパラグラフの特質は、落語に限らず一般の散文においても、きわめて柔軟であることだ。英語のパラグラフをレンガのようだと言ったが、日本語のパラグラフはさしずめトウフのようなものである。やわらかく崩れやすい。レンガならいくらでも高く積み上げることができるけれども、トウフではそうはいかない。重ねれば下がつぶれてしまう。仕方がないから、横にならべる。トウフはどうしても情緒的で絵画的にならざるを得ない。

パラグラフ的言語では何千行という詩を生むことが可能であるけれども、トウフのようなパラグラフでは長歌という短詩がせいいっぱいである。そのかわり十七音、三十一文字の文学をつくることはできる。文学史上の大古典が、うすっぺらな文庫本になってしまうのは是非もない。日本人はしっかりしたパラグラフを好まないから、その外国文化の理解にもおのずから限界がある。

パラグラフ感覚は表現の性格を規制する。日本人が長篇の散文を苦手とするのも、ひとつには、トウフ的パラグラフのせいだと思われる。トウフ・パラグラフでは書きおろしの本が書きにくい。書きおろしの本ということば自体が日本的で、元来、本は書きおろしにきまっているのが欧米である。

T・S・エリオットは二十世紀最大の英詩人・批評家であるが、「本を一冊も出さなかった」といわれた。著書は数多くあるが、いずれも一度発表されたものを集めて一冊にしたのである。これでは本を書いたことにはならない。エリオットはイギリスでこそ異例であったが、日本ではふつうで少しも珍しくない。日本で本を書くのはどちらかといえば特別であった。だからわざわざ〝書きおろし〟を謳って出版社は自慢顔をしたのである。T・S・エリオットは案外、トウフ的パラグラフの感覚に近かったのかもしれない。

それが近年はだいぶ変わってきたけれども、この〝書きおろし〟の力をもつ書き手はなお限られている。だからこそ書きおろしが珍重されるのであるが、パラグラフ感覚がしっかりしていないと長篇を書くことができない。古来、日本が短篇を得意とし長篇を苦手とする理由も、ここにありとしてよいのではないかと思われる。

センテンスの終止、フルストップが甘くてみじかい話のまとまりがわるくなり、スピーチが下手であるということを先にのべたが、いくらか似た意味で、パラグラフのセンスがあいまいなために長篇を書くことができないのではないかと考えられる。文化の性格にかかわる。たかが、句読点・パラグラフと見るのは当たらない。欧米の文化、言語から多くのものを学び、それに従った日本であるが、パラグラフは半ば見落とされてきたために、かくれた影響を受けている。

センテンス、パラグラフの枠を軽々と飛び越した様式、ジャンルがある。もちろん、欧米にその比を見ないのが座談会、座談会記事である。パラグラフの存在しないのは俳句、短歌と同じで、多元的であるのがユニークである。その特性は日本独自の様式としてもっと評価されてよいと考えられる。そして、それははるか連句、連歌の世界と響き合うものをもっていて、シンポジウムなどとは類を異にするのである。

敬語の論理

女子大学生が小雑誌に、敬語について文章をのせているのを読んだ。もう三十年も前のことになる。その中にいまも忘れられない一文があった。

「私は尊敬しない人に敬語を使う気がしません」

得意気に言っているのがおかしかった。

「外国にもないという敬語なんか、なぜなくさないのでしょうか」

といった調子である。国文科の学生であるらしく、教室で外国語に弱い教師から、敬語は日本語だけのもののようにきかされていたのであろう。外国語にも、日本語とそっくりの語法ではなくても、ていねい表現法はちゃんとある。人間の生活するところでは、かならず大なり小なり敬語的表現への意識が見られる。国文科の教師でも、それくらいのことがわからなくては困る。外国語にないから、日本語でもいらない、などというのは笑うべき幼稚な思考である。文化の特質は、よその国の文化にないところに注目してはじめて成立する。ろくに外国語を知らない人間が、日本語の特質をうんぬんするのは不遜である。

いくらもの真似が好きだからといっても、よく知らない外国を真似ることはできない。

戦争に負けて、頭がおかしくなったのだろう。おかしなことを言う知識人、文化人が途方もないことをえらそうに広言した。いまから見ると吹き出したくなるような世迷いごとを言ったのである。

戦前、小説の神様といわれた大作家が、戦後、もし日本がフランス語を国語にしていれば戦争しなかっただろうし、したがって負けることもなかったであろう。

そんなことをぬけぬけと書いた。そんな粗雑な頭でも小説は書けるのなら、小説などつまらぬものである。現に、この作家の作品が、アメリカで小学生の作文のようだと評価された。恥ずかしい。

学者も自国の文化に対する自負がないから、外国のイデオロギーの余波を受けて、身分の差別につながるものはみな、民主的でないように勘違いして、敬語を目の敵にした。敬語はすくなければすくないほどよく、なければ理想的だという、学者、教師、批評家が寄ってたかって、敬語を焼き払った。

といって別に難しいことはない。すでに家庭の教育が崩れて、敬語を知らない、使えない人間が大半を占めるようになった。知らないものをぶちこわすのは、おもしろい。世論は敬語征伐に拍手を送った。いまの日本で戦前の教養ある人の使っていた敬語を正しく使える人がどれくらいいるか。ひょっとしたら、いないかもしれない。

もちろん八十年、百年まえの敬語が使えなくなったからといって、文化が退化したわけではない。ことばは変遷するから、敬語も変わってよい。ただ、敬語というものを頭から否定するのは、文化的自然破壊である。歴史的文化破壊である。山の中の自然破壊はいけない、保存しようと大騒ぎする人間が、文化の自然であることばの伝統を惜し気もなくぶちこわしていい気になっているのは怪奇である。いちどこわしてしまえば、これを復活させるのはまず不可能である。戦後の文化人だけでなく、一般の人たちも、歴史的誤りをおかしたのかもしれない。そういう反省がないとしたら、その文化は浅く、幼い、といわなくてはならない。

＊

敬語の基本は相手に不快の念を与えないようにという意識である。人間と人間がふれ合うとき、とかく、おもしろくない心理的摩擦を生ずる。ときに熱をおびる危険がある。それを避けるための潤滑油がほしい。敬語はそのために用いられる。相手を尊敬するかどうかではない。互いに気まずい気持にならないようにことばに油をぬるのが大人の知恵である。

そういう点からすれば、あいさつも敬語に通じるところがある。朝、多少おそくても、〝おはよう〟と言う。どんな唐変木でも〝おそいですね〟と言わない。相手を立てることによって、自分のイメージがよくなる。敬語は人のためならず。

アメリカのコカ・コーラがはじめて日本へ渡来したとき、キャッチ・フレーズでひと悶着があった。アメリカの宣伝文句は Drink Coca Cola（「飲めコカコーラ」）である。海外へ進出するにあたって、その国のことばでこれを訳したものを使う。かつて例外がない。当然、日本にもそれを強制した。日本側はおどろき、当惑した。いくら工夫してみても、Drink Coca Cola に相当する日本語はできない。アメリカ側に対して必死の抵抗をして、やっと、「すかっとさわやかコカコーラ」をアメリカにのませた。使ってみると、大成功であった。「飲めコカコーラ」を「すかっとさわやかコカコーラ」としたところには敬語の心が宿っている。それで日本の消費者に快く響いたというわけである。

後にノーベル賞を受けることになるA・L・レゲット博士は、若いとき京都大学にいて日本人物理学者の書く論文の英訳の仕事をした。あるとき「訳せぬ〝であろう〟」というエッセイを学界誌に発表して大騒ぎになった。レゲット博士は言う。「物理学は厳密科学である。しかるに日本人の論文にはしきりに〝であろう〟という表現がでてくる。おかしい。訳そうとしても英語にならない」、という趣旨の告発である。日本の学界はショックを受け、物理学だけでなく広く自然科学の論文からいっせいに〝であろう〟が姿を消した。日本人が外圧に弱いことを示す一例であり、科学者といわれる人たちが日本語のことをよく知らないことを暴露したエピソードである。

レゲット博士は物理学では天才であったらしいが、日本語については中学生程度の知識しかないことをみずから宣伝したようなものである。恐縮した日本人は自国の文化に対するプライドをもっていないことを暴露して恥をかいたということになる。

「であろう」はあいまいな表現ではない。「である」では、いかにも、威張っているような感じでおもしろくないから、あえて、ボカしたのである。「であろう」も意味は「である」と等価である。相手への顧慮が加わって「であろう」になる。つまり、これは敬語ではないけれども敬語の論理がはたらいているのである。それに、「である」が頻発されるのは耳ざわりでおもしろくない、バリエイションをつけようというのも日本人の感覚である。

はっきり言っては相手に対して失礼になるから、あいまいな表現をするのが大人である。こどもはそんなことにおかまいなしに、スペードをスペードと呼ぶ。こどもは敬語を知らない。

たいていの子は十歳すぎまで、「お父さん」ということばを卒業できない。お父さんは敬語ではない。父と呼びすてにすることが、相手を高める敬語のはじまりになる。相手には〝お父さん〟よりも〝父〟と言った方がここちよく響くのである。この〝父〟はりっぱに敬語である。

〝われ〟と〝なんじ〟の論理が支配することばの社会では、近いことはよいことである。命令形がやさしい感じをともないうる。客に向かって〝飲めコカコーラ〟といっても失礼になったりしないのである。

〝おたがい〟〝われわれ〟の論理が通用するところでは、近づくのをきらう。なるべく離れることが相手にやさしいことになる。文字どおりの〝敬遠〟が好ましい。日常生活でナマの命令形は使われることがきわめてすくない。

目の前の人を〝あなた〟と呼ぶ。遠いところにいるかのようである。直接言及するのをさけて、〝お前〟、つまり、相手の手前をさして言う。

相手を呼ぶとき、直接ではなく、間接的に言及する。○○△△殿というのは、本人をじかにあらわすのではなく、一歩さがって、その人の住まいをもって代用する。〝殿下〟となれば、建物を直接さすのがためらわれるほど身分の高い人、建物

*

の下を指して敬遠する。

手紙の宛先に××□□様、侍史とする。本人直接ではなく、その側にいる人をさすことで距離による敬意をあらわす。〝机下〟はその人の坐っている机の下、というわけで、敬遠の論理は広く行きわたっている。

さらに進むと、相手も自分も表に出さない語法になる。

「私が行きます」では、露わでありすぎる。「まいります」となる。「あなたは食べますか」などと言えば片ことである。主語を落として、「召し上がりますか」。「おいでください」は命令調、相手に近すぎる。「おいでいただけませんか」はすこしていねいだが、まだ近すぎる。「おはこび願えませんでしょうか」などとすれば、相手との距離が大きくなり、ていねいさも一段と高まるのである。

先年来、喫茶店などでの

「コーヒーでよろしかったでしょうか」

というウェイトレスのことばがおかしいという声が、ことばにうるさい人たちの間で広まった。ことばは保守的だから新しい言い方ははじめのうち、必ず反発される。「よろしいでしょうか」というのですらすこし言いすぎる。「かしこまりました」でいいところだが、それではそっけない。（コーヒーですね）と言いたいが、それではすこしなれなれしい。「…よかったでしょうか」には、敬遠の論理がはたらいている。「よろしい」でなく「よろしかった」と過去形にするところにひっかかる人が多いが、それは敬語の論理を知らないからである。現在形より過去形の方がていねいな感じになるのである。

これについては、英語の方がはっきりしている。

Go to the station, please.（駅へおいでください）

は命令形である。ていねいさは小さい。

Will you go to the station?（駅へおいでくださいませんか）

とすればていねいになるが、さらに

Would you mind going to the station?

（駅までおはこび願ってもよろしいでしょうか）

とすれば、たいへん丁重である。このwouldという過去形に注目したい。過去形だからいっそう間接的、したがって、上品な表現になるのである。

「コーヒーでよろしかったでしょうか」はこの最後のWould you mind going…にかすかに通じるところがある。敬語の混乱、敬語が半ば消滅した時代に育った世代に芽生えた敬語のあらわれと見るとおもしろい。これを頭からいけないというのは狭量なのである。

＊

日本の敬語が高度に発達しているから、相手を立てる尊敬語のほか、自分を低める謙譲語と一般のものごとを美しく言う丁寧語が敬語になる。これは外国には見られない。とにかく、敬語にかけては日本は最先進国である。そんなに進んでいては、戦争に負けた国として申しわけない、こわして、すこし後戻りしようという気持が、敬語撲滅運動の背後にあったのかもしれない。

敬語をすくなくするのは車間距離を大きくとって走っていた車に、もっと間をつめろ、といっているようなものである。敬語は距離の論理だから、接近すれば消える。すくなくとも半ば消える。

それで平等で平和な社会になると考えた専門家もいたらしい。現実はそんなに甘くない。敬語を軽んじ、きらったツケは思わぬところにあらわれた。ことばづかいが乱暴になると、人間関係が荒っぽくなるのである。

愛する家族を愚妻、豚児などと呼ぶのは何たることかとなって、敬語のように洗練されたことばの出る幕がない。親の親、年寄りを放り出すのが〝新しい〟と思っている家族で育つ子は、家の中で敬語を耳にすることもなく大きくなる。

混雑した道路ではどうしても車間距離が小さくなり、近さのせいでおこるトラブルもふえる。それで車間距離の大切さが強調されるが、なお、それに耳を傾けない人々が多い。ことばの世界でも同じことがおこっているが、目に見えないだけに事故などの自覚もすくなくノンキである。

敬語の心のはっきりしない人間はとかく自慢をする。それがはしたないことだと感じるには敬語の論理に対する感覚が必要である。りっぱな住まいに住んでいても、〝拙宅〟であり、〝茅屋〟である。いくらおかしな人でも、自分の住まいを〝豪邸〟とはいうまいが、自分の孫を自慢したりするのは、自分の家を美邸といっているようなもので、きき苦しい。

敬語の心は、相手を立てることで、自分のイメージをよくする。距離を大きくすれば、それだけつよく敬意をあらわすことになる。相手との関係では尊敬語になるが、自分については、引き下げれば、相対的に相手を立てることになる。尊敬語と謙譲語は互いに補い合って、第一人称と第二人称の心理的距離を大きくし、つまらぬ衝突をさける。

敬語の論理は洗練のすすんだところでしか認められない。こどもは敬語の真似はできるがことばづかいを知らないから、敬語はほとんど使えない。若ものはいくらかことばの訓練は受けているが、なお大人になり切っていなくて、〝口のきき方を知らない〟と言われる。敬語の論理はデモクラシーの論理に従わない。だからといって誤りでもなければ、おくれているわけではない。

この点で注目されるのが、外交のことばである。外交辞令というのは、心なき表現としてきらわれているのだが、外交語は一般社会よりはるかに高い水準にある、といってよいだろう。

スペードをスペード、とバカ正直なことばづかいをさけ、とかく摩擦をおこしやすい相手との衝突を回避するのは高度の言語意識が必要である。

敬語の伝統をもっている日本の外交官は、その点で世界をリードすることができるはずだが、悲しいことに日本語では外交ができない。外交官になるにはまず、外国語の勉強というわけである。日本語などわからなくても問題ではないのである。

国際的地位を高める外交官はどこの国も大切にされる。けれども、外交官のことばが洗練を欠いているため、外交が、首脳外交になってくるのは是非もない。敬語の論理は外交の論理に近い。そう考えるにつけて、外交をリードする日本人があらわれないものかと考える。

敬語の論理はグローバリズムの現代においてその価値はきわめて大きいように思われる。

目のことばと耳のことば

聡明とは、耳がよくきこえ目がよく見えるという意から判断力がすぐれていることをあらわすことばだが、目より耳をさきにしているのがおもしろい。ふつう人が頭のよいのは目がよくものを読み解くからのように考えている。耳などたいしたことはないとぼんやり考える。学問は目でするものときめてしまって、耳で得た知識を耳学問などとおとしめる。賢者は明によってすぐれているときめてしまっているけれども、聡明は耳の賢さ聡を目のよさ明より上にしているのである。古人の直観である。

大昔、中国大陸からすぐれた文物が渡来、それを吸収、消化して日本は文化的に発達をとげてきた。中国の典籍を読むことがもっとも重要な勉強で、多くの人がそれに生涯をかけた。漢学者といわれた人たちは、中国人と会話しようということを考えなかったのだろう。会話のできる人は例外的にはいても、その名は残っていない。

ことばの基本は音声である、などということは明治になるまで知る人もなく、欧米の文化に触れるようになった明治以降も、ことばは音声のことばで、文字はそれを記録する手段であるという言語学の〝いろは〟をはっきり知る人はほとんどなかった。

ヨーロッパの文化、思想をとり入れるには、外国語を日本語に訳して理解することしか考えない。会話を考えるところもなく、発音などおかまいなしであった。いまならサムタイムスと読むsometimesをソメテイメスと発音し、ネイバーneighbor（隣人）はネギボールと発音して平気だった。会話を考えないのだから、発音など問題にならない。

やがて外国人の発音とあまりにもかけ離れているという批判がおこり、ソメテイメス、ネギボール式の英語のことを変則英語、英米人の発音に近い発音をするのを正則英語と呼んだが、変則英語はすぐにはなくならなかった。

会話など下らぬと思って英語を勉強した人がほとんどで、やたらと難しい英語を読んだ。そして、英語の単語を片っ端から和訳した。いま日本語のような顔をして通用していることばの中で、おびただしい数の語が明治年間に和訳された外来語である。

おかげで大学の講義が日本語でできるようになった。アジアではじめてである。会話はできない代わり、面倒な学術語も日本語で表現することができた。日本文化は文字文化の性格がつよい。沈黙の文化である。

学校で国語を教えるが、読み、書きだけを教えてきた。話す、聞くのは、教えなくてもできるように考えたのではないが、教えるところはなかった。

かつての小学校教員の養成をした師範学校が、習字には多くの時間をさいて、全国的に同じスタイルの文字を毛筆で書けるように指導した。ところが話し方はまったく問題にしなかった。かつての小学校では、先生はめいめいの方言で教えた。それを咎めるものもいなかった。

話し方は教わらなくても、実際に教室でこどもを教えるとなれば、声を出さないわけにはいかない。いい加減に大声でわめいていると、結核にやられて夭折するものがあとを絶たなかった。発声法を知らずに毎日大声をあげていれば体力を消耗する。そのことは戦後になっても、なおよくわからなかった。

戦後、アメリカのＧＨＱが、こういう実情におどろき、国語の教育は、読み、書き、話し、聴くの四技能を併行してのばすことを要求した。日本は形式的には聴従したものの、またたく間に元の木阿弥に戻ってしまった。

昭和三十年代になっても、話す共通語が確立していなかった。私のクラスにいた北海道出身の秀才は、最初の夏休みになるまで、教室で教師の話すことばの半分くらいはよくわからずショックを受けた、と後年、告白した。話はよくわからなくても、答案は書けたから大学入学できたのである。

＊

明治の人は、外国では、書くことばが話すことばと同じであると考えた。（そんなことはなく、かなりの差がある。）日本語は、両者がまるで別々になっている。外国のように言（話すことば）と文（書くことば）を一致させようというので、言文一致運動がおこった。

数百年の伝統である言文別途が、すこしくらいの工夫で言文一致したりするわけがない。多くの人たちの努力にもかかわらず、文末語尾をすこし口語的にすることで、一致とはほど遠いものなのに言文一致と称したのである。日本語はいまも言と文の乖離は小さくない。

話のうまい人はたいてい文章が上手でないし、名文家は講演させるとまるでお話にならない。たまには、話すのもよく、書くのも達者という人もないのではないが、やはり、例外的である。

おもしろいのは国語の教師たちである。読み、書き、話すことにかけてはおそらく常人以上であろうと思われるのに、講演などさせてもパッとしないし、書かせても名文とは言いがたい。かつて、ある独文学者が、どうして国文学者は文章も話も下手なのかということを言って物議をかもしたことがある。外国文学をやっている人たちだって威張れたものではないが、国文学よりいくらかはましなのであろうか。

国語の教師が人なみ以上にことばの勉強をしているのに、そのわりに、話も文章もうまくないのは、多分、耳のことばがお留守になっているからであろう。落語などに親しめば、言文両刀の名手が多くなるだろう。文章家で落語を好むものが多いのは偶然ではあるまい。

国語の専門家だけではなく日本人の多く、あるいは、ほとんどが、目でのみ読んでいる。声を失った沈黙のことばに長い間触れていると、ことばのリズム、調子などのセンスを失うことになりかねない。

『平家物語』がすばらしい文章であるのは、机に向かって書かれたのではなく、語られる声を裏付けにしているからであろう。いま流布している諸版は、琵琶法師によって演じられたものをもとにしている。『平家物語』は耳で読んだとき、もっとも美しい、と言うことができる。

耳で読むとはなにか、と言うまでもないことで、ほかの人の音読するのをきくのである。

イギリスのバートランド・ラッセルといえば二十世紀イギリスで屈指の哲学者であるが、哲学者ばなれした、明晰で、やわらかく、リズムのある文章を書いた。その自伝の中でラッセルが洩らしていることが注目される。

ラッセルは、自分で本を読むのではなく、夫人に音読させて、それをきいた、というのである。私が耳で読んだ、といったのはそのことである。奥さんはへビー・スモーカーで、よく煙草をのむ。その間、読むのが中断され、待たされるのが、おもしろくなかったというようなことをラッセルは書いている。

そして、こういう本の読み方をするようになってから、自分の文章は進歩したとも言っている。目で読むより耳で読む方がよりよい読み方であると言っているようである。

三十年くらい前からであろうか。わが国で読みきかせ、というのが一部若い母親の間で流行した。いかにも得意になっているのがおもしろくなかった。幼い子には素語りがいい。こどもの目を見て話さなくてはいけない。読みきかせには反対である、と書いたり話したりした。

いまはすこし考えが変わった。こどもだって耳で読めばいい成果があるに違いない、と思うようになったのである。

これまで、目のことばを中心に考えていた日本人は、耳で読むことを覚えたらことばの能力は話す、書くを問わず、大きく向上するに違いない、そんなことを考えて、この年になって、手おくればせではあるけれども、〝耳で読む〟勉強会をつくろうとしているところである。これまでことばの耳を遊ばせておいたのはいかにも不覚であった。

＊

書いたことば、文章や本ばかり読んでいると、いつしか、ことばがすべてのことをあらわすように錯覚する。文章の力を過信するのである。なんでも表現できる、あるがままを書き写すことができるなどという根拠のないことまで考えるようになる。そして、文章の方が話すことばよりも高級で、価値も高いという考えを知らず知らずにもつようになる。

〝話だけでは信用できない。証文にしてほしい〟などといい、口約束を信用しない。ヨーロッパでもその傾向がないわけではないが、なお、口約束がものをいう。売買契約でも日本ではいちいち書類にするところを、口頭ですます。それでトラブルになることもすくない。文章・文字にしないと信用しない日本では、口で言ったことが、言質となることもすくないから、不用意な発言が多くなり、それを大目に見る習慣もできる。

話すことばを信用しないから、スピーチ、講話、弁論などが不振であるのはいたしかたもない。アメリカで、「日本人のスピーチがある？　じゃ、胃のクスリをもっていかなくちゃ」というジョークがある。スピーチは食後に行なわれるから、おもしろくない話をきかされると食べたものの消化が悪くなる、クスリがいる、というのである。

そういう人間が思ったことをうまく言うことができないのは当たり前である。学校でも話し方の時間はない。話す作法も知らないし、話が上手になりたいと考えるものは、かつてに比べて、いくぶんふえてはいるが、なお少数であるとしてよかろう。われわれはおしなべて口下手である。たまに弁舌さわやかな人がいると、うすっぺらに見られやすい。大物は口かずすくなく、沈黙は金、を実践する。

それだけに、書くことば、文章はひどく大切にされる。ことに活字への信頼が大きい。手書きだったら信用しないことでも、印刷してあると、手もなく承知するのである。文章の限界などということは一度も考えなくて一生を終えることができる。

昔の小学校の作文指導は実にいい加減だった。まるで文章の書き方を知らないこどもに向かって、「思いついたことを思った通りに書きなさい」などと、とんでもないことを命じた。何も知らないこどもは、思うこともないから、でたらめを書いてお茶をにごす。文章がうまくなるわけがない。

知り合い、友人に、文章のうまい人が何人かいるが、きいてみると、たいてい、小学校のときに良い指導を受けている。教えれば文章はうまくなるのである。教わらなかったから書くのに苦しむ。

そういうわけでわれわれの社会の言語状況は混乱しているが、一般に、文章をうまく書ければ、すばらしい。話は文章よりはるかに低く見られる。目のことばが、耳のことばの上位にあるのが、おかしいと感じる人がすくない。

思った通りのことを余さず話すことはできない。口で言えるのは思ったことのごく小さな部分にしかすぎない。文字では、話すよりさらにすこしのことしか表現できない。したがって、文章、目のことばでは、言わんとすることのそれこそごく小さな一部しか表現できない。無力である。いくら達意の文章でも言おうとしていることのごく小さな一部をひろい上げているにすぎないのである。

それに比べると、耳のことばはずっと多くのことを言いあらわすことができる。ただ話し方の訓練を受けないから、うまくは言えない。したがって、文章より劣るように見られる。

そこで、こういうことができる。

考えること、表現をもとめていることは、つねに、ことばより大きい。すべてはことばでは〝筆舌につくし難い〟のである。対象をあるがままに表現することばはないし、さらに目のことば、文字、文章より、耳のことばの方が、本質的に、表現力が大きく、話のうまい人の方が文章の上手な人よりことばの能力はすぐれていることになる。

西田幾多郎は、「論文のうまい人と講義の上手な人といるとして、どちらがすぐれていますか」という意味のことを訊かれて、「もちろん講義です」と答えたという話がある。

＊

人の子はおそろしく高度の能力、天賦の才能をもって生まれる。うまく引き出せば、天才的な人間が育つはずである。人類はこれまでその引き出し方（エデュケイション）にあまり成功していないから、天才になるのが例外的少数にとどまるのである。

充分ではないが、その天賦の能力をいくらか引き出すことができているのが、ことばである。

そのことばは耳のことばである。新生児の目はまだ完全にはたらかない。当分の間、焦点がさだまらないから、ものもはっきり見えていないであろう。目のことはまだ考えることもできない。近代教育は、小学校ではじめて文字を教え、目のことばの教育をした。それに気をとられていて、つい耳のことばを忘れてしまっているが、こどもの耳の力はたいしたもので、すでに母親の胎内にいるときから、親の見ているテレビの音がきこえているらしい。生後直後からもっともよくはたらくのは耳である。ことばの習得ももっぱら耳による。そして四十か月もしないうちに、一応のことばの能力を身につけるようになる。その間、まわりから受ける教育はきわめて不充分であるのを考えると、こどもの能力の大きさにはおどろくほかはない。

この段階で、こどものことばをうまく、いまよりは合理的に引き出すことができれば、天才が育つことになるはずだ。そうでなくても、ごく早い時期に、めいめいは、ことばの個性をつくり上げている。それをかつては〝三つ子の魂〟といったもので、死ぬまですべての活動の源泉になる。三つ子の魂は耳のことばででできていると想像することができる。

こどものことばの力は、聴覚的である。それを忘れて、学校でもっぱら目のことばを教える。あとから育てられる目のことばの方が、いち早く引き出された耳のことばよりすぐれたもののように考えたのは近代の誤謬であった。それに基づいて、ことば全般についての考えができたのは不幸である。

ことば、耳のことばは強力であるが、ものごとや考えたことのごく一部を言いあらわすことができるにすぎない。それでも目のことばよりは多くのことを表明できる。

ワレとナンジの間

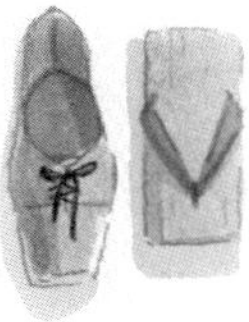

文学は一つではなく、二つある。東洋の文学は西洋の文学とは別ものである。そういう認識を世界に先がけて明言したのは、夏目漱石である。観念的文学ともいうべきものに対して、社会学的文学の発見であった。社会学自体が学問の体系をもつに至っていない十九世紀と二十世紀の境の時代で、この独自の説を解するものがなかったのは漱石の不運である。

その漱石にしても、各国語が、それぞれの個性をもち、世界に共通の言語などは存在しないということを自明の問題とはしなかった。ところによってことばが違うことに注目すれば、国、地域、民族の数だけ異なることばが存在するということは、おのずから明白になる。漱石は英語の学習、研鑽を通じて、それを体験していたはずである。しかし、それは、文学の相対性ほどには知的興味をそそらなかった。外国語を学ぶのに骨身をけずる思いをした明治以降の人間はほとんどが母国語と外国語の違いにぶつかり、何とかそれを乗りこえてきた。外国語を修めたものは、一度、母国語から離れ、外国語で苦労しているうちに、母国語を改めて新しく発見する。

外国語を専攻しない人間は、そうでない。たとえば国文学専攻の人は違ったことばを身につけている。外国語習得において、人は新しい日本語を見つけた。明治以来、作家、詩人に外国語科出身者が多いのは偶然ではあるまい。

自分自身のことを語るのはおこがましいが、私にも、国語開眼の経験がある。中学を出て英文科に入り、週に十四、五時間は英語の授業があり、自学自習もほぼ英語ばかり。そういう学生生活を、数年つづけた。戦争がはげしくなって教室を留守にした勤労動員の間も、読むものは英語であった。大学を出て教師になったが、すぐやめて、大学へ戻って研究科で勉強した。ひところは毎日、八時間から九時間くらい英語を読む生活であった。

研究科を終えても職がない。そのころ小さな雑誌の編集は正業とは見なされない時代だったが、英語、英文学の月刊誌の編集を委されることになった。何もわからぬ青二才に編集などできるわけがないが、自分では、そう思わなかった。多少いい気になっていて、ひどいショックを受けたことがある。誌面にできる余白をふさぐ埋草を書くのだが、それがどうしてもうまくいかない。下書きを何度もして、印刷にまわした短い文章が、活字で見ると、支離滅裂。まっ赤にして再校をとり、三校をとるが納得いかない。印刷所から叱られて、泣くに泣けない気持になるのである。英語にうつつを抜かしている間に日本語を忘れた自分を発見した。

いくら英語を勉強しても、日本語の力にはならない、という当たり前のことを思い知らされた。おそまきながら日本語の勉強を始めたが、晩学は成り難いものである。ただ回帰した日本語は、やさしく、あたたかいような気がした。それを国語とは言いたくない。日本語であるとひとりこだわった。いつしか日本語弁護を考えるようになっているのだから、おもしろい。

*

そんなときである。アメリカの雑誌「タイム」が日本文化特集号を出した。中に、日本語のセクションがある。題して、「悪魔の言語」。

読んでみると、さんざんにやられている。人間のことばではない、悪魔の言語だときめつけているのである。その昔、日本へ渡来したカトリックの宣教師が、日本語がわからなくて腹を立てて、ローマ法王庁へ、日本のことばは神のことばではなく、悪魔のことばだという報告を送ったらしい。その故事を引き合いに出して、日本語をバカにしたこの「タイム」の記事は日本人にはつよい刺激を与えたはずである。これに腹を立てた日本人がほとんどいなかった。どうしたことだろう。いまもって不思議である。

「タイム」はもちろん、悪魔的言語という理由をあげている。第一人称が、ひとつではなく、いくつもあることを槍玉にあげる。どこの国のことばも、第一人称単数は一語にきまっている。それなのに、日本語では、私、ぼく、自分、おれ、わが輩など、いくつも存在する。さらに不可解なことは、そんなに多くあるのに、第一人称単数を使わずにセンテンスをつくることができるのだ、とのべる。

「タイム」はインテリ向きの有力雑誌だから、然るべき記者、執筆者が記事を書いているに違いないが、よほど言語についての素養が乏しいのであろう。言語はみな同じだと思い込んでいるらしい。国が違えば、ことばも違って当然ということがわかっていない。

アメリカにも、言語の多様性を考えている人がいないわけではない。同じことを言いあらわすのにいろいろの流儀がある、スタイルがいくつもあるということをおもしろく論じた言語学者がある。『五つの時計』を書いたマーティン・ジョーズという人である。

＊

第一人称のことばがいくつもあるのは、不都合だ、けしからんというのは一神教的思考である。かつて、日本語を悪魔のことばと呪ったのがキリスト教の宣教師であったのは象徴的である。それを何百年もあとになって、蒸しかえしたアメリカが一神教社会であるのも偶然ではない。日本は多神教だから、なにごとも「ひとつだけでは多すぎる」のプリンシプルがはたらく。〝私〟をあらわす語がいろいろあってもおどろかない。ひとつに限るなどということは考えもしない。

〝多々益々弁ず〟ではないが、ひとつでは淋しい。不便だ。年輩の人は、便箋一枚だけの手紙はいけない、という気持がはたらき、無理をしても二枚目に書くようにする。書くことがないと白紙を一枚添えるのをエティケットだとする人はいまもいる。若い人でもわけもわからず、それを作法だと思っている人がある。

アメリカは一神教的であるけれども、複数のおもしろさを解しないわけではない。こんな笑い話がある。

アメリカの片田舎の駅に、どうしたわけか、大きな時計が二つかかっていた。それはいいが、その時間が合っていたためしがない。口うるさい人が駅長に注意した。

「きちんと合わせておいたらどうです?」

駅長、すこしも、動ぜず、

「合っていたら、二つあるイミがなくなりますので…」

とやり返した。このヒューマーを喜ぶ人がすくなくなかったらしい。話はひろまって、人口に噲炙した。さきに名を挙げたマーティン・ジョーズもおもしろがったひとりだったのだろう。言語の文体論の書名を『五つの時計』としたのである。

同じことを言うのに、いろいろのスタイル(様式)がある。二つでは足りない。

五つある、という〝二つの時計〟をふまえたジョークである。

〝五つの時計〟、つまり、複数の様式を認めるのは多様性の肯定である。ジョーズの挙げている五体とはつぎのようなもの。

frozen（凍結体、つめたく血が通わない）
formal（正式、型にはまった、改まったことば）
consultative（社交的、ていねい体）
casual（日常的、くだけた調子）
intimate（ごく親しい、うちとけたことば）

第一人称の語がひとつしかない英語でも、よく見ると、ことばがこんなふうにいろいろの姿をしているのはおもしろい。ここにも社会的観点が認められる。一神教文化は、そういう人間関係に対して充分に敏感でないから、多様を一元に抽象するのである。大統領も、サラリーマンも路上生活者も、仲よく、同じ第一人称を用いて、おかしいと思わないのである。それに対して日本語は、相手によりそって、自称が変わってくる。うまいことばがないと自称を落とす。デリケートにできている。

アメリカの戯曲をいくつも翻訳した知人が、苦心の内幕を洩らしてくれたことがある。彼に言わせると、いちばん厄介なのは、冒頭、はじめて出てくる第一人称をどう訳すかである。〝ぼく〟にするか、〝わたし〟にするか、〝オレ〟にするか。それが問題で、その選定をあやまると、作品全体の調子がおかしくなる。ムードも変になるおそれがある。不用意に翻訳にとりかかれば、それで失敗する。ほかの作中人物との関係にも影響を与えかねない。作品全体を見渡した上で、この人物に対しては「わたし」、この人には「ぼく」という風に使い分けるのはたいへんな仕事で、原作をひと通り読んだくらいでは自信のある呼称はきめかねる。その点で、第一人称、第二人称がひとつしかない言語間の翻訳は始末がよくて、「うらやましいですよ」と、言った知人のことばが印象的であった。

この人は、しかし、訳語にしない第一人称のあることは考えていないようであった。原語がある以上、邦語で訳すものと考えているようであったが、ここは一考を要するところである。日本語は、第一人称をあらわすことばが、「タイム」流に言えば、悪魔的に多くあるけれども、この多様性は、ジョーズの『五つの時計』の枠の中におさまらない。「タイム」のいい方をすれば、「いろいろあるくせに使わないことが多い」のである。つまり、日本語の第一人称は、いくつかのことばであらわされるが、その中には〇（ゼロ）型というのがある。使わないのではなく〇型を使っているのである。

＊

雑誌の埋草や雑報の原稿を苦労して書いているうちに私はいつしか、第一人称を忘れていたのかもしれない。そういう原稿の文章では第一人称の出る幕がない。

長い間、そう思っていたが、あるとき、第一人称が落ちているのではなく、○型の第一人称の文章を書いていたのだと考えるようになった。自称を落とす、のではなく、○型の自称を用いているのだと考えた。

英語に editorial we（編集的複数自称）というのがある。新聞の社説などが、編集の考えをのべるときの自称である。単数ではなく、複数であるところが注目される。もうすこし遠まわしの様式をとれば○型自称になる。個人的意見をさしはさむことが禁じられている新聞記事では○型自称もはばかられるから、「と見られる」「といわれる」「という声がある」などと変形させる。あるいは、自分の考えを代弁してくれそうな第三者を取材した形で間接的に表現する。いずれも○型自称のヴァリエイションといってよいだろう。

報道的文章では基本的には「私」の代わりに「われわれ」が用いられる。日本ではかつては「吾人」などと威張った。

そういうパブリックな文章よりも、パーソナルな文章では、第一人称はいっそうやっかいである。「私」と「僕」が用いられるが、「僕」は、すこし、くだけているという印象は、年輩の人間には、いまもかなりつよくて、使用をはばかられる。「僕」は使う相手が限られる。というより、友人関係でないと、使いにくい。会話では使っても、文章では使わない人もすくなくない。「私（わたくし）」は四音ですこし長すぎる。かといって「わたし」とすれば軽くなっておもしろくない。「こちら」とか「うち」といった言い方もあるが、どうも落ち着かないから、○型自称に落ち着くのである。「私」のいない文章の方が書きやすい。

話すことばでは、○型自称が力不足と感じられることが多い。それで、奇抜な自称ができた、できている。

親が子に向かって、自称をどうするか。困った、迷った末、苦しまぎれに父親が自分のことを「お父さん」、母親が「お母さん」と言うのである。こどもが喋ることばをさきどりして、自分を「お父さん」とか「お母さん」と言うのは、明らかに理屈に合わないけれども、ぴったりする自称がなければしようがない。窮余の発明といってよい。学校でもかつては、教師は生徒に自分のことを「先生」と言って平気であったが、世の中が変わったのを反映しているのだろうか、自称の「先生」は減少の傾向にあるようである。

役職者が自分のことをどう言うかも面倒だから、だんだん○型式へ向かいつつある。ある学会で、なったばかりの会長が、総会のあいさつで、「会長といたしましては…」ということばを頻発してヒンシュクを買った。自称に困った揚句のせりふだったのかもしれないと思われる。

総理大臣が、自分のことを「○○内閣」とか「○○政権」などと言うのも「お父さん」「お母さん」の自称といくらか似ている。

名乗りをあげる、ということばがあるが、自分のことを何と言うか、それに迷う人が意外に多いのではないか。しかし、だからといって〝悪魔のことば〟などではないのははっきりしている。○型表現も認める必要がある。

相手をどういうように呼ぶか、これも簡単ではない。ある大学生が、知り合いの家のこどもの家庭教師になった。当のこどもには○型のことば、つまり、自他を落としてものが言えるのだが、こどもの母親が出てくると、呼び方がない、きまらない。「おばさん」は失礼、「奥さん」はよそよそし過ぎる。「あなた」とも言いにくい。「あのー」と言ってごまかした、という。第二人称でも、やはり、落としてことばにしない○型がものをいうらしい。

*

大学生が運動部で互いに呼び合うのも案外デリケートである。年上の学生が年下のものを呼ぶには、呼びすてか、「くん」でいいが、年上だと呼ぶのにぴったりしたことばがない。「さん」ではすこしていねいすぎる。女子学生がふえてきて、「先輩」というのが流行した。スポーツのクラブでむやみと「先輩」がとび交う。

企業で、上司を呼ぶのも容易ではない。いつの間にか、役職を第二人称に使う用語がひろまった。「課長」「部長」「社長」が第二人称の呼びかけに使われる。こどもが親を「お父さん」「お母さん」と呼ぶのに通じる。いずれもウチウチのことばだが、「副部長」などという変な呼び方も通用する。

学校はいくらか特別な組織だから、教師がお互いを「先生」で呼び合う。若いのが年上の人を「先生」と言うのはおかしくないが、ベテランが新米を「先生」と言うのは、外部の人間からすると、おかしい感じである。政治家も同じように、「先生」で呼び合う。大物が小物を「先生」などと言っていると、変な感じである。

家庭では、こどもが両親のことを「お父さん」「お母さん」と呼ぶのが慣用であるが、いわば、幼児語である。すこし年齢が高くなると、「お父さん」「お母さん」とは言いにくい。ことに「お父さん」が使いにくい。しかたないから、「あのー」といった音声を呼びかけにしたりする。これも〇型第二人称のひとつといってよいであろう。

ヨーロッパ語は、ワレとナンジがはっきりしているが、日本語は、そういう関係をできれば避けようとしているように思われる。相対するのを好まない。第二人称を「あなた」「先生」「先輩」といったことばで敬遠しようとしているかのようである。人と人との関係は多様であるが、日本語は、それぞれのコンテクストに対応する、自称と他称が求められる。さまざまな言及ができるわけだが、人間関係に敏感なことのあらわれであり、決して、悪魔的ではない。主語を落とすという点では、ラテン語に似ているところがある。別に○型の第一人称、第二人称を恥じることはない。かつてはことばは国の手形、と言ったものだが、ことばの言い方は生活をあらわす。生活が違えば、ことばの慣用も異なる。多神教社会のことばが多様であるのは、それだけでソフィスティケイション、洗練が進んでいる証拠だと考えることができるのである。

多数決

戦前から戦中にかけて、ことばに関しても国粋主義が幅をきかせた。その調子にのった国文学者が中心となって、中学校・女学校の英語教育廃止をとなえて、女学校の英語はなくなった。それをおかしいと思う人たちがいなかったわけではないが、少数派で大勢をいかんともすることはできなかった。

大衆は節操がないから、戦争に負けると、日本の文物はみな古臭いもの、といった外国礼賛派に豹変した。なんでも、外来語の方が進んでいるように錯覚、カタカナ語を造った。

戦後十年もすると、外来語が多すぎる。日本語があるのに外来語を用いるのはよろしくないという声が上がるようになったが、少数派だから大勢を動かすことにはならなかった。一部ではアルファベットを使ったPTAのようなことばが流通した。PもTも日本流にペー・テー・エーといったが、みんながそう言えば、こわくない。意味など問題にするのは閑人である。

野球の観客が、ファンを自任するようになったはいいが、ファンの発音が日本流だから、相当な人たちもフアン（不安）と言って涼しい顔をしていた。これも大勢を味方につけているから不安なフアンは最近まで生きのびた。

野球といえば、外来語のかたまりのようなものだ。ひところは、ベースボールと言われたこともあるが大勢を占めることが叶わなかったのが、明治の翻訳語である野球へ戻ったのがおもしろい。（百貨店はデパートになり、また一部、百貨店へ戻り、近年またデパートへ戻った。ふらふらしていて腰がすわっていない。）

野球関係のことばで目ざましいのはナイターである。戦後早い時期に、夜間照明の設備のある球場ができて、夜間試合が行なわれるようになった。何と言うか知る人もなく、マスコミの才人がナイターを使った。なにも知らない一般はてっきりアメリカ伝来とばかり思って、ナイター、ナイターと言って騒いだ。

のち、東京外国語大学の学長になった岩崎民平先生は、野球好きだったから、ナイターへも足をはこばれたに違いない。岩崎さんは英語辞書作りの名人で、そのころ、英和辞典を改訂中であった。その中へ nighter（ナイター）を新しく収録することにしていた。外来語ではなく、英語だと思われたのであろう。それほど流行語であった。

もの好きな人間が、アメリカの大リーグなどに照会した結果、ナイターは日本製であることがはっきりした。アメリカでは使わない、アメリカで夜間試合は night game であるといった回答をよこした。それでナイターが和製であることがはっきりし、岩崎教授はあわてて、印刷中の輪転機をとめて、nighter を外したという逸話がある。

それはそうとして、ナイターはいかにもしゃれて、アカ抜けしている。アメリカではなぜ使わないのか、気が知れない、とわれわれは思ったものである。アメリカの新聞だって、night gameなどと長々しくては、見出しなどには使えない。nighterなら、スペースの節約になるのに、と日本の英語好きの人間は思った。それから四十年、アメリカでも夜間試合としてnighterが使われるようになったのである。日本から輸出したことばの一つだ。

そんなこともあったが、日本の外来語、カタカナ語はオリンピックのころをピークにだんだん勢いを失った。すくなくとも、外国語・英語をそのままカタカナ化するのは減った。その代わり、日本的合成のカタカナ語が流行するようになる。パーソナル・コンピューターなど長々しくて始末が悪い。パソコンと短縮すれば親しみやすい。エア・コンディショナーはエアコンとする。セクシャル・ハラスメントなどと言っていられない、セクハラにしよう。スターティング・メンバーはスタメンになる。たいていの英語は四字音にできる。四音語は外来語ではなく和製である。

そうは言っても、日本人にカタカナのよさを教えたのは外来語、和製外来語ではなかった。コンピューターである。初期のコンピューターである。

初期のコンピューターはまだ幼稚で漢字の処理ができなかった。すべてカタカナである。郵便物などの宛先も、すべてカタカナ。読みにくくてしかたがないが、なにせありがたいコンピューターのすることとである。一般は寛大であった。住めば都、というが、使いなれてみれば、カタカナも愛嬌、ということを発見した。明治以来、カタカナは平仮名より固くるしかったり、幼い感じをもっていた。昔の小学校がカタカナ先習であったことにもよるが、平仮名先習になった戦後でも、多少、低いという感じをともないつづけた。

コンピューターが漢字をすべてカタカナにしたことで、カタカナのイメージが変わった。すくなくともマイナスのイメージが消えた。それにいち早く反応したのが、企業である。長年売り込んできた社名を惜し気もなくすてて、カタカナ名にするのである。新興会社ならともかく、シニセの大会社がカタカナ名にした。漢字を脱ぎすててビニールの合羽を着ているような印象である。当事者はもちろん得意なのだろうが、カナは、書くのはやさしい（だから初期コンピューターでも打ち出せた）が、読むのは厄介である。読むには字画の多い文字がいい。カナはせいぜい三画。漢字なら十画くらいはザラにある。書くのは大変だが一見にしてわかりやすいのである。

カタカナ名をつけて喜んだ企業は、幼いコンピューターにひかれて、カタカナ好きになったが、それは送り手、書き手の都合であって、受け手、読む側にとっては不親切であるという反省が足りない。つまり幼いコンピューターに合わせた幼い感覚である。このごろの商売はことばなどわからなくてもできるらしいから、漢字をすてることを何か新しいように錯覚するのであろう。一部ならともかく全業種にわたってカタカナ企業が主流のようになってしまったのは奇妙である。

ワープロ、パソコンが文字を〝書く〟ようになると、カナが見すぼらしいと感じる人が多くなるのは自然で、若い人が、むやみと漢字を使って喜ぶ風潮がひろまった。何をするのか知らないが、漢字検定協会が人気を集め、会の幹部が不明朗な経理をして世間をおどろかせるまでになった。「しかし」と書けばいいのに「然し」、「おそらく」でよいのに「恐らく」などと書く人を見ると、かわいくなるのである。しかし、これも多数の人がするようになれば、やがて慣用になるかもしれない。なにごとも多数によってきまる。デモクラシーは政治だけではない。ことばも、デモクラティックであってどんなことでも多数の支持があれば慣用になる。

*

こどもにつけられる名前は、その時代の言語の傾向、流行を反映する。ことに女子の名がそうである。

戦前の女の子の名の多くに「子」がついていた。〝太郎〟と〝花子〟が代表的名前のように考えられた。（花子は実際にはそれほど多くなかった。）

戦後になって「子」がへり出したが、それよりずっと大きな変化がおこったのである。それまでの女子名は、五十音のイ列（イキシチニヒミイリヰ）とウ列（ウクスツヌフムユル）のコンビネイションが多く、たとえば、キミ子、ユリ子、フミ子、ルリ子などを漢字にしたり、仮名のままにしたりする命名である。

イ列音、ウ列音は、小さく細いイメージをもっていることは発音のときの口の形を考えれば合点される。可憐なイメージをつくりやすいのが好まれたのだろう。命名者はそんなことは知らずにつけた名が、たまたま、そういう音の組み合せになったものと思われる。

太郎と花子のハナ子は、それに対して、ア列の音が重なっている。ア列音は大きい目のものを暗示するから、ハナ子さんはどちらかというと、ふっくらしたイメージになりやすい。それがはばかられて、戦前も花子という名はそれほど多くなかった。

戦後しばらくして、これに対して大きな変化がおこった。かつては敬遠されていたア列音（アカサタナ…）が突如、女子の名として人気を集めるようになったのである。サヤカはその代表で、ア列音のみである。なんとなく開放的でのびのびしている感じは、このア列音のせいである。新しい時代の親たちは、かつての、ほっそり、小さなイメージでの音をすてて、大らかで明朗なイメージと結びつきやすいア列音へ転向した。そんなことを意識する人は例外で、多くは大勢に引かれて新しい命名をするようになったのである。アヤ、マヤ、ナナ、アサカなど、ア列音だけの名がすくなくない。

こういう変化は、外部からの力が加わったわけではなく、多くの人が意識しないでおこしたものである。ことばには多数決の原理がはたらくから、多数の人の好むところへ動いていくのである。

もうひとつ注目すべき変化は、カナをそのまま使うのではなく、漢字を当てる命名が、女子名においては多くなった。万葉仮名に因んで昭和・平成仮名などと呼ばれることもある。奈奈子、奈名子、梨沙、加菜子など。

男子の名では、こうした大きな変化が見られず、伝統的命名がつづいている。多少、好みの漢字が変わってはきたが、女子名のように漢字を仮名として用いることはほとんどない。命名において、生まれながらにして男女席を同じうしないのは、お国ぶりであるらしい。

*

ことばの意味も時代によって変化する。新用法ははじめのうちには誤りとされるが、やがて許容されるものもあらわれる。

そのひとつ。「役不足」ということばが誤って使われるようになったのは、そんなに古いことではない。新しい役職についた人があいさつなどで、「私には役不足ですが」と言うことがちょいちょいある。力不足のつもりではなく、分にすぎた役であるの意で用いているのであろうが、無知ゆえの誤用である。「割り当てられた役目が軽すぎて満足出来ないこと」（新明解国語辞典）がもとの意味だから、新学長が就任のあいさつで使ったりしては滑稽なことになるが、知らぬが仏、きいている側がきき流しているから、そのうちに誤用が許容されるようになるかもしれない。みんなが使えば正しいとなる。

いまの時代、案外、生真面目で、なんでもすぐ真《ま》に受ける。私の経験したことだが、テレビ局の人から、「弘法も筆の誤り」というが、いつ空海が書き損じたのか、知っていたら教えてほしい、という電話を受けたことがある。そういう仕事をしているくらいだから、いずれ、ひととおりの教養はあるだろうに、弘法が実際に失敗したことがあってこのことわざが生まれたと誤解しているのがおもしろい。こちらが、それはたとえで、「サルも木から落ちる」に近い意味だと言うと、相手の人が、「実は、そのサルが木から落ちる現場をおさえよう、とカメラを出すことも考えているところです」と言うから、あいた口がふさがらなかった。

いまはまだ少数派だからいいが、テレビ局がこの調子では、誤用は広まり、いずれ許容されるようになるかもしれない。

なまじ教育を受けると正直の上になにかつく人間になりやすいらしい。なんでも文字通りに受けとる。

「船頭多くして船山にのぼる」ということわざを、船頭がたくさんいて船をかついで山をのぼったのだと解した大学生がいるそうである。まさかと思うが本当らしい。船山にのぼる、という比喩的表現がわからないのは、どこかが鈍いのである。昔の、学校へ行ったこともないような人が、ことわざから教訓を得ていたのだから、現代は恥入らなくてはならない。かつての庶民のわかっていたことが、どうしていまの教育を受けた人にわからないのか。遊んでいる学校はすこし考えた方がいい。

「イヌも歩けば棒にあたる」というのはいろはかるたのショッパナに出ることわざで、戦前はだれ知らぬものもなかった。学校というところはもともと、ことわざが嫌いで、バカにするから、この文句を教えた学校はなかったに違いない。

ことわざは、外見ほどやさしくない。大学出でも、ことわざをよく知っている人は多くない。それでかえってことわざが魅力的となり、近年、テレビはことわざにつよい関心をもっている。（へたをすると、さきのような笑い話になるが…。）

ことわざは声の知恵を伝えるものである。文字で知識を教える学校と仲が悪いのはむしろ当然だろう。代表的なことわざである「イヌも歩けば棒にあたる」にしても「何かしようとすると（出しゃばると）災難にあう（ひどい目にあう）」というもとの意味のわかる人の数がすくなくなった。（あたる、というのを、「クジに当たる」の当たると誤解する人が多くなったのである。）

それで、何かすれば時に思わぬ幸運にあうものだ、という意味に解するものがふえた。なお、多数を占めるほどではないにしても、無視できない数になった。国語の辞書はこの新しい意味を認めて、両義を併記するようになった。

＊

日本という国がふらふらしていて心もとない。

日本はニホンかニッポンか、はっきりしない、のではなく、揺れているのである。

東京の日本橋はニホンバシだが、大阪の日本橋はニッポンバシである。

日本銀行のことを、一般は、ニホン銀行といっているのに、紙幣には、裏にNIPPON GINKOと印刷してある。もっともそんなところに目をとめる人もないだろうから、なぜローマ字で表記する必要があるのか、金に縁のうすい人間でも気になる。日銀の行員は、うちうちでなんといっているのか、まわりに知った人がいないからきくことができない。

私が新聞の夕刊に日本のことを書いたとき、ニホン、ニッポンをトピックにしたことがあった。担当の記者は戦後育ちで、ニッポン派であったらしく、いろいろ調べて、こちらの原稿を訂正した。そのひとつに、日本放送協会の日本がある。私はかつて、NHKの放送用語委員をかなり長い間つとめていたが、ニホン放送協会だと思っていた。ところが、その記者が直接問い合わせたところ、ニッポン放送協会だったという。辞書を見ると、にほんほうそうきょうかいを見出し語としながらも「正しくはにっぽんほうそうきょうかい」(「広辞苑」)と記している。NHKはいつ呼び方を変えたのか。大正時代発足当時、ニッポンであるはずがない。戦争中だったと思う、軍部の主導でニッポンが正式だと号令した。NHKもそのときに変えたのだろう。

ずっとニホンが多数の人たちの発音だったのに、陸軍が横槍を入れてニッポンにした、とわれわれ戦中派は信じている。ニホンはやさしく弱々しい。つよくたくましくニッポンとしようというのはいかにも軍人の言いそうなことである。われわれ庶民はそれをつらい思いできき流した。多数を抑える少数の暴力である。

若い多数が力をふるう例もある。〝ら抜きことば〟がそうである。

いつごろからか、「食べられる」と言わず「食べれる」、「着られる」でなく「着れる」という俗語が広まった。年配者を中心に、おかしい、誤りだ、と言ったけれどもその勢いを止めることはできない。若い人たちの間では半数を超し、中年層でも使う人がふえた。国語審議会にも、禁止する権限があるわけではない。改まったところでは使用をつつしむようにといった但し書きをつけて、承認せざるを得なかった。

かつては「とても」は否定をともなうことばだったが、大正期に、肯定で受ける「とても美しい」といった言い方が許容され、いまでは慣用になった。多数派の力である。

あいさつ（ファティック）

すこしばかり教育を受けると、変てこな理屈をふりまわす人間になりやすい。生半可な知識で目がくらむのであろうか。

通りなどで、見知らぬ人に呼びかけるときに、

「すみませんが…」

と言う人がすくなくない。自意識の強いのをハナにかける人が、

「なにも悪いことをしていないのに、あやまるのは、おかしい」

などと言って、いい気になる。いっぱしの見識のように考えているとしたら笑止

である。だれだって、知らない人に、のっけからあやまるようなことはしない。相手の注意をひく、呼びかけをする、そのきっかけがほしい。なんだっていい。昔、電話の切り出しはモシモシときまっていた。モシモシに意味はないが（申し申しのつづまったものと思われる）、ぶっつけに声を出したら相手はびっくりする。ちょっと、声をかける。外から家族へかける電話で、モシ、モシではすこし間が抜ける。

「オレだよ…」で通じる。みんなそうやっているのだろう。それを悪用して詐欺を考え出したのはかなりの人間通で、悪いことをさせておくのがもったいないくらいだ。私はかかりませんとイキがっていた奥さんがまんまとひっかかったりするからおもしろい。

人と人がふれ合うと、ことによその知らない人とすれ違ったりするときに、緊張、摩擦などの心理がはたらく。不安、危険、不快などの気持をおこすおそれもある。黙っていてはその圧力が高まって、暴発する危険がないとはいえない。そこで何かひとこと交わせば、ガス抜きになって、無事である。

実際、ちょっと肩がふれ合った、というだけでスゴム乱暴者もいるが、そんなとき、「すみません」と言うと、こわいお兄さんが、やさしい顔になって、「いや、こちらこそ」となるかもしれない。

「すみません」と言いたくないと肩をいからすと、思わぬ奇禍に見舞われるおそれがある。用心した方がいい。

「すみません」はあやまることばだ、ときめつけるのも幼稚で、小学生でも、一、二年くらいの知性である。〝あやしいものではありません、ちょっと、お伺いしたいこと、お尋ねしたいことがあります…〟といったニュアンスを伝えるのに借りただけである。文字通りの意味にこだわるのは、正直ではあるが、上になにかがつきそうである。

若い人たちに敬語のきらいな人がある。

「私、尊敬していない人に敬語を使いたくありません」

これも、敬語の字面にひっかかってしまっている。敬語は尊敬する人に対して用いるのはもちろんだが、尊敬していなくても、そういうことばづかいをする習わしになっているところで用いる。尊敬していようと、していまいと、敬語を使わなければ、非常識、野暮の無教養だと見られるかもしれない、ということを考えたことがあるのか。こういう人、ずっと年下のものから、

「お前、いくつになるのかよう？」

などと言われても涼しい顔をしていられるのであろうか。いくら相手がこちらを尊敬してくれていなくても、こんなことを言われたくない。そう思うことができるなら、たとえ尊敬しない人に対しても、不快感を与えるのは、反社会的であるーーといったことくらいの頭のはたらきがほしい。

戦後、アメリカからコミュニケイション論が入ってきて、日本人がたちまち、それにかぶれて、ネコもシャクシもコミュニケイションをふりまわしたが、それをしっかり理解したのは、ごくごく限られた人たちであった。

国語の専門家、言語学者が、伝達ということを得々として語ったが、ことばのはたらきはコミュニケイションだけではない。コミュニケイションは、ことばの意味、メッセイジにかかわるが、意味のはっきりしない、あるいは、意味のないことばには目を向けない。意味のないことばはない、というのが、コミュニケイションの立場である。

考え違いをした人たちが、敬語不要論をふりかざして俗論にこび、俗論をはびこらせた。敬語が多いのは後進性のあらわれ、すくなければすくないほどよいという考えである。日ごろは何かと反対したがる、マスコミも、お先棒をかついだ。ひところ、皇室関係の記事におかしな日本語が並んだのは愛嬌だった。

意味のない、あるいは、はっきりしないことばを交わすのは、コミュニケイションではなく、コミニヨンで、意味ではなく、気持や心を伝える共感、交感である。これをファティック（phatic）という。この発見をしたのはポーランド生まれのマリノフスキー（B.K.Malinowski）である。

社会生活においてコミュニケイションがきわめて重要であることは言うまでもないが、意味をこえた交感、コミニョンも無視できない。二十世紀になるまで言語学が、意味、論理中心であったために、交感言語が等閑に付されていたというわけである。一般に、意味のないことばはないように思い込み、あいさつのことばなどが得体の知れない厄介もの扱いをされた。

たとえば、文学表現、詩的表現できわめて大切なはたらきをするあいまい（性）（ambiguity）がずっと悪もの扱いを受けてきたのも、ファティックの言語を考えることができなかったからである。ファティック言語を確立させたのは、二十世紀に入ってからの人類学の功績である。イギリスのN・W・エンプソンが、『曖昧の七型』（*Seven Types of Ambiguity*）によってあいまい性恐怖症に風穴をあけたのも、人類学的言語学からの間接的影響であると考えられる。

日本人からすると、ファティック言語は、〝あいさつ〟であると割り切ってもよい。あいさつは論理的意味から自由である。「お早うございます」はあいさつで、朝が早いという意味ではない。ただ、顔見知りが顔をあわせたとき、コミニョン交感のサインとして用いられるのである。演劇関係の人たちが夕方はじめて顔をあわせたとき、「お早うございます」を交わしているが、すこしもおかしくはないのである。なにも悪いことをしていなくとも、あいさつとして「すみませんが」と言って差支えない。最後の〝が〟も、意味はないが、なかなかきいている。

電話をかけるとき、

「こちらは加藤です。山田さんはご在宅ですか」

ときくか、

「こちらは加藤と申しますが、山田さんはおいでになりますでしょうか」

とするか。意味においては差はないが、ていねいさではかなり大きな差がある。意味のない〝が〟が、大きな交感作用をもつのである。

東京の人が大阪の会社社長のところへ寄付を頼みに行った。話をきいた社長が、ひとこと、

「考えときまひょ」

と答えた。東京の人は安心して帰り、しばらくして、電話をした。

「もう、お考えいただけましたでしょうか」

とうかがった。社長は吹き出しそうになって、

「あんたさんはお若い。おきばりやす」

と言ったそうである。

東京の人はコミュニケイションをしていたのに、大阪の社長は、〝あいさつ〟をしたのである。コミュニケイションでは〝考える〟は〝考慮して結論を出す〟というようなことになるが、「あいさつ」では、「お断りします」ということなのである。「お断りします」では、いかにもぶっきら棒で露わにすぎる。

ひるどきになって、客に、

「お茶漬でもどうどす」

と主人がすすめるのを客が真《ま》に受けて、主人側が大あわてする笑い話「京の茶

漬」も〝あいさつ〟をことば通りに受け取った野暮を笑っているのである。

これはちょっと別の話だが、すこし前、未知の人から長い手紙をもらった。読んでみると向こうはこちらを知っているがこちらは知らない語学の元教師。いまは俳句に夢中になっているという。それはどうでもいいが、質問がある、返事がほしい、といって返信用封筒が入っている。

質問というのは、ある人の俳句（A）をとりあげ、その中にある語句（X）が、これは名のある俳人の作品（B）にある語句（Y）と酷似している。それで、この人は、AをBの類句、XはYを盗んだもの、つまりひょうせつ的作品であると断じ、その旨をどことかの雑誌に発表した。すると、別の俳人から、俳句ではこれくらいの類似は許される。一概に類句とするのは当たらない、と反論された。手紙をくれた人は承服できない。それで私へ意見を求めてきたのである。

こちらは忙しいときで、まっとうに付き合っていられない。俳句でオリジナリティをうんぬんするのは妥当ではない。オリジナリティは西洋の概念で、俳句への適用は限定的である。季語があり、十七音の制約を受ける俳句がオリジナリティを問題にするのはおかしい。俳句は〝あいさつ〟の文芸である。あいさつに独創性はじゃまでさえある。同じようなことを言わないとあいさつにならないとすれば、片々たる語句をとらえて、目くじらを立てるのは疑問である。そんなことでお茶をにごした返事をした。

俳句はあいさつなり、と言ったのは山本健吉で、この一句だけでも、山本健吉は俳諧史に名をとどめることができる。芭蕉以来、はっきりとこう言った人はない。連衆といい、座の文芸というが、俳句が、あいさつであると言い切った人はほかになかった。あれば伝わっていたはずである。

さきにも触れたが、あいさつは、ファティック言語である。意味を伝えるのが趣旨ではない、相手と交感すればよろしい。あいさつの意味にこだわるのは異常である。考えればいろいろな解釈が生まれるが、あいさつはあいさつである。一般にファティック言語は意味がなくて、あいまいであるのが普通である。俳句をあいさつと考えれば、俳句の意味が浮動して定まるところを知らなくてもよいのである。個々の俳句の意味は、作者本人にとっても明確でなく浮動していることが多いはずである。まして他人となれば、意味は十人十色になるのが正常であって、正解などあるわけがない。ものを知らない教師でも、試験問題に俳句の解釈を求めるようなことはしない。点のつけようがないのである。

日本人はすこし俳句を買いかぶっている傾向がある。いかに、あいまいに含蓄をもたせるかは、言語技術である。日常、普通のあいさつにはそういう技術がないだけに、珍しくもおもしろくもないだけのことである。しかし、手軽なところはあいさつと同じである。うまくいけば、こどもにだっておもしろい句ができるところは、やはりファティックである。

技術と言ったのは、スペードをスペードと言うかわりに、オタマジャクシなどといった突飛な比喩を用いることである。だいたい人事、心情を花鳥風月に寓して伝えようとするのだから、コミユニケイションとしては、ひねくれている。受け手によほどの用意があれば、作者よりすぐれた客観的相関物を擬することも充分可能である。

俳諧のファティック性はまず、笑いに向けられた。おどけたことを言うのも、あいさつのうちである。ヨーロッパの詩はひとりで作るから諧謔ということは縁がすくないけれども、受け手をつよく意識する俳諧が、笑いのノンセンスに向かうのは自然である。その結果が浅薄なものになるのは是非もない。禅などにも触れた芭蕉が、わざと韜晦へ走ったのも難ずることはできないが、俳諧の名、俳はその実を失ったのである。俳人もたのまれもしないのに俳にあらざる俳句を守ってきた。いささか疲れ気味である。川柳がいまのところもたもたしているが俳諧の俳味に目ざめたら、俳句にとって代わった方が、俳諧の初心にかえることになるかもしれない。川柳はあいさつではないが、人間味のあるところが取柄で、すこしは思考性もあって俳句よりおもしろいと感じている知識人もあるようである。

あいさつ、ファティック言語を抜け出して不易の境に達している俳句もないわけではない。一般が認めないだけのことである。

濱までは海女も蓑きる時雨かな　　　瓢水

は、もともとあいさつ句である。

瓢水は江戸中期、播磨の国の人。豪商の家に生まれて生涯、風雅、超俗に遊び、晩年は産を失ったと伝えられる俳人。明治以来、芭蕉、蕉村がありがたがられる半面、瓢水にはまるで無関心であった。

晩年、あるとき、その名声を慕って瓢水を訪ねてきた旅の僧があった。あいにく瓢水は風邪で薬を求めに出たあとだった。家人にそう告げられると、旅の僧は「瓢水翁も命が惜しくなられたか」とすてぜりふして去った。

帰って話をきいた瓢水はさきの一句を認《したた》め、使いのものに旅僧を追わせた。旅の僧、これを見て深く感銘、己の不明を恥じてとって返し、瓢水に詫び、親しく語り合ったという。「濱までは海女も蓑きる時雨かな」は、旅の僧の「命が惜しくなられたか」へ対するあいさつの返辞である。

年はとっても、いざとなるまでは、せいぜい身をいとい、つつしみ、つとめて生きていきたいものです、の心である。どうせ、年寄りだからといって怠けてはいけないと思う心をやんわり打ち出して、みごとというほかない。海女は濱へつけば濡れる身であるが、それまでは、時雨に濡れたりはしないようにするのが、たしなみ。どうせ、濡れる身だからと濡れるにまかせるのは、美しくない。読みようによっては、「濱まで」は「あの世へ行くまで、命のある限り」と解することもできて、心を打つ。

晩年、産を失って、瓢水は、

蔵売って日当りのよき牡丹かな

と詠んだ。「たいへんですね」と言ってくれる人に向かって心の中でつぶやいたあいさつである。しみじみとした気持が伝わる。

外国語の意味

ウィリアム・フォークナー（William Faulkner）が、ノーベル文学賞を受けた（一九五〇年）あと、日本を訪れた。たいへんな歓迎を受けたフォークナーは、記者会見で、「わたくしはファーマーである」と言った。翌日の各新聞が、「ノーベル賞作家は農民」といった大見出しをつけた。おかしいと考える人もなかったが、その後、地方の少女が、日本人のアメリカ文学者に手紙を書いたことから、「農民」というのが問題になった。少女は手紙で、自分は貧しい百姓の家に生まれ、将来に夢をいだくことができないでいたが、ノーベル賞作家が同じ百姓であること

を知り、感動、未来への夢をもつことができるようになった、といった趣旨のことを書いた。これが多くの人に衝撃を与えることになった。

フォークナーは、自分はfarmerだ、と言ったのである。farmerは農民、と学校の英語で習っているから、フォークナーが農民だと言ったと伝えた新聞は間違ってはいない。ただ、日本語の農民は百姓に近いニュアンスのあることを、知ってか知らずにか、スッポかした。やはり、記者の語学が未熟だったと言われてもしかたない。一般サラリーマンならとにかく、新聞記者は知的エリートである。田舎の少女に誤解をおこさせたのはよろしくない。読者の多くは、謙遜の意味を感じとったり、軽いヒューマーと解したりしたのかもしれない。

フォークナーがファーマーと言ったのは、農場経営者の意味であって、鍬、スキをもって畑を耕す農夫ではない。作家だが本当は農業をしているのだというところをフォークナーは言いたかったのであるが、外国語では通じないことを知らなかったのは是非もない。

話は変わり、明治のはじめ（明治十八年）、シェイクスピア劇が、翻案ながら、上演されたのは目ざましいことであった。原作は『マーチャント・オヴ・ヴェニス』だが、宇田川文海は『何桜彼桜銭世中（さくらどきぜにのよのなか）』という凝った題をつけた。のちに『ヴェニスの商人』となるのだが、宇田川翻案では、この〝商人〟を外すねらいがあったのかとも考えられる。作品中、どこにも〝商人〟がいない。アントニオはマーチャントであるが、商人ではない。

日本語の〝商人〟は小売商などを意味する。マーチャントにこの語を当てたのは誤訳であったとしてもよい。すくなくともヴェニスのマーチャントは商人ではなく、貿易商である。海外との交易を行なう豪商であった。日本でもかつては千石船をもつ回航問屋があったが、マーチャントはマーチャント・シップ（外航船）をもっていた。

日本人は多く『ヴェニスの商人』に多少の異和を覚えていたと思われるが、とくにこだわることもなく、受け流してきた。外国語では、そういうのは些事に類することである。日本語の商人に当たるのはショップ・キーパーだろうが、多少の侮蔑がこめられているようで、かつてフランスから「ショップ・キーパー国民」だと言われたといって、イギリス人が憤慨した。

＊

いまはずいぶん事情が変わったが、戦前から戦後にかけて、はじめて英語を学ぶ学生はたいへん苦労したものである。

教科書の新出語に、このごろのように訳語はついていなかった。生徒は指定された英和辞書によって下調べするのだが、初学者では辞書をひくことができない。たとえばbankをひく。おどろいたことに二つbankがある。どちらが求める意味か、本文が読めていないのだから、判断できるわけがない。単語帳に両方の意味を書く。教室で授業を受けてはじめて一方の意味がここで必要なものだとわかる。こんなことをしていてだんだん英語が嫌いになるものがすくなくない。親子ともに熱心だと、英和大辞典を買い込むものもいた。大は小を兼ねるとはいかないことを知らないからで、訳語がずらりと並んでいて手がつけられない。単語帳に書き入れることもできず、大辞典はほうり出すということになった。

学校ものんきで、辞書を買わせはするが、ひき方をしっかり教えない。もっとも、かりに教えたとしても、辞書がひけるようになるとはいかないだろう。

つまり、ことばには辞書的意味と文脈的意味があって、実際、文中にあらわれる語の意味は文脈的意味である。それを辞書的意味でのせている英和辞書で確定しようとするのは、木によって魚を求めるに近い。初心者には想像もつかないことである。思えばかつての中学校の英語教育はずいぶんひどいことをしたものである。

文脈、コンテクストによって具体的な語義はきまるということは、昔の中学校、いまの高校で、はっきり教えない。コンテクストの概念すらあやふやであるから、語義決定は至難で、わからないまま虎の巻に助けられるということになる。

そういう中にあって、おもしろいことを考えた英語教師がいた。新しい英単語集を作った。そのもっとも斬新なところは、英語を、入試の問題になる範囲に限定したことである。いくら多くの語義をもっていても、「試験に出る」ものだけを収める。こうしてコンテクストの制限を行なっていることで、語義決定は容易になる。考案したのは私のかつてのクラスメートで、東京の日比谷高校の教師として苦労した森一郎君である。その『試験に出る英単語』は空前のベストセラーになり、多くの受験生から感謝された。

＊

明治のはじめ以来、未知の英語がわかるようになるために注がれた大きな知的エネルギーはいまとなっては想像することも難しい。まず、主要な名詞を漢字訳することから始まった。そのころの語学者はいずれも漢学の素養があったから漢字の造語力をひき出すことで、多くの名訳語をつくった。その中からかなり多くのものが漢字の本場、中国へ輸出? されたほどである。

英語の単語の漢字訳が進んだ結果、明治三十年代になると、大学の講義が日本語でできるまでになる。東洋においてもっとも早い。

それとともに欧米の書物の翻訳もさかんになった。語学の力はテクストの購読によって養われたもので、知的エリートの登龍門であった高等学校(旧制)は実質的には、外国語学校であったといってよいくらいである。外国語は二か国語が必須で、第一外国語が週に十二、三時間、第二外国語が週十時間くらい課された。そういう高等学校の先生たちが、外国書翻訳に当たった。ここでも大きな困難があったはずであるが、いまは見当もつかない。単語の邦訳は相当程度に進んでいたが、文(センテンス)やパラグラフを訳す方法はだれも知らなかったから、原文の単語を訳し、適当に語順を変えただけの翻訳になったのは是非もない。それを訳者、出版社などは〝原文忠実〟だと言い、読者一般は、それを信じた。日本語ばなれした、こういう翻訳を読んで、おもしろいなどと思うことはまず不可能である。だいいち訳《わけ》がわからない。それを口にすれば嗤われる心配があるから、〝深遠な思想〟などと感心したように言い合っていたらしく思われる。結局、〝原文に当たらなくてはだめだ〟となって、原書と格闘することになった。翻訳では抽象的なことを伝えることが難しい。具体的名詞でも、訳語になると、もととは多少、しばしば大きく異なる意味を帯びる。

たとえば、英語の nature の訳語は「自然」で、日本人はずっと、両者はほぼ合致していると考えてきた。いまもって、その考えは続いているが、nature と〝自然〟とは根本的に異なる。nature には人間的要素が含まれているのに対して、〝自然〟は山川草木で、人間は排除されている。翻訳語は原語とは異なる独自の意味をもっているのである。

名詞中心に訳語をこしらえてきたから、動詞はおおむね在来の日本語を活用した。sit は〝坐る〟とちがうが、同じことにしたから、多少の混乱がおこり、日本語の〝坐る〟に〝腰かける〟意味が加えられるようになったのは戦後になってからである。大正時代には、「椅子に坐った」と書いて自己批判した小説家もある。

漢字訳は難しい名詞にはつよいが、イデオム、慣用句にはからきし弱い。So much for（［…については］これだけ）という言い方がなかなかわからなかった。朝日新聞の大記者で英語のよくできた杉村楚人冠が間違えて友人の夏目漱石に注意されたという話がある。また、ある語学の達人が、テキストにあったTo begin with（まずはじめに）がどうしてもわからず、職を辞したという逸話もあった。大体において、文章、文語よりも、口語の意味の方がとらえにくいというのは、日本人が目から外国語を学ぼうとしたためである。これは大昔、中国大陸から漢字、漢文が渡来したときからのことで、アイランド・フォームの文化、島国文化の宿命というべきかもしれない。

Children should be seen and not heard.

ということわざがある。イギリスのことわざだが、アメリカでも中流家庭でこれをしつけのひとつにしたようだ。

文字通りを日本語にすれば、「こどもは見られるべし、聞かれるべからず」となる。これでは何のことかわからない。つまり、訳したことにならないのである。それで、「こどもはよく監督すべし、こどもの言うなりになってはいけない」というように解釈された。そういった意味をあげたことわざ辞典もあった。「こどもはきびしく育てよ、いちいちこどもの言うことをきいたりしてはいけない」というように曲解したのである。

このことわざは、「こどもは（人前では）だまっていなさい」という意味である。よその人の前で、よけいな口をきくな、というしつけである。そういう習俗のない日本人にわからないのは無理もない。

もともと日本人は翻訳が上手でないのかもしれない。戦後になって、半分、翻訳を放棄した。ずっと、曲がりなりにも文字を当てて意味を伝えようと苦労してきたのだが、戦争を境にして、風向きが変わった。意味はすてて、音だけを日本語にしよう、つまり、意訳でなく音訳で外来のことばを処理しようときめたのである。漢字の知識も落ちているし、漢字で意訳するという芸当は考えることも難しい時代になったのだから、音訳はごく自然な対応であったといってよいであろう。音訳はカタカナ語になった。たいへんな勢いで、カタカナ語が増加し、外来語のはんらんだという声があがるまでになったが、外来文化のすさまじい流入を考えない、愚痴であった。やがてカタカナを目の敵にすることを忘れて、漢字をカタカナ書きにする新しい流行を生んだ。

外国語をカタカナで音訳すると、漢字による意訳以上に意味があいまいになる。セクシャル・ハラスメント、略してセクハラの意味が漠然としている人がかなりある。プライヴァシイに正しい理解をもっている人もむしろ少数である。このごろ、よく耳にするコーポレイト・ガバナンスに至っては、たいていの人には見当もつかない。意味のないことばをふりまわしていても大きな顔ができるのだから、日本はよい国である、といえるのか。

＊

ことばの勉強をするものは、いつも〝意味〟の問題に向き合っている。同じことばでも、自国語と外国語ではまるで様子がちがう。

かつてあるとき、国文学の友人の古典講読の授業を見せてもらったことがある。テクストを読んでいくのが、こちらがやっている英文の読み方と大きくちがうのにおどろき、ことばの意味を考えさせられた。

外国語ではまず、辞書的意味が問題になるのだが、国文学の講読では、文脈的意味中心で読まれている。それは別にとりたてていうほどのことではないが、英語のテクストの意味として与えているのは、辞書的でもなければ、文脈的ともいえない、いわば、第三の意味であることに気付いた。外国語の意味はこの第三の意味によって伝えられるということを、外国語を読むものは、しっかり自覚していないように思われる。第三の意味は、外国語を翻訳しようとする場合に問題になるもので、辞書的意味、文脈的意味のどちらとも異質なものである。いくらあるがままを読み取ろうとしても翻訳語から書き手の真意をとらえることは、ほぼ不可能である。近似値的理解すら保証されていない。それが、第三の意、翻訳的意味である。その伝達効率は残念ながらかなり低い。理解できない空白部を埋めようと、読むものは解釈という創造作用を加えることになり、結果として、誤解、あるいは新しい意味を生み出すことになる。

言語の第三の意味、翻訳（者）意味は、かすかに創作的である。

通信革命

よその国のことはよくわからないが、こどもがことばを覚え、つかえるようになるまでのことをしっかり理解している親はまずない、といってよいように思われる。

ものごころのついたとき、こどもはすでにかなりことばの能力をもっているが、ことばを意識することはない。こどもにことばを教えた大人たちも、ことばを意識することはほとんどないし、こどもにことばを教えるという自覚もないのが普通である。

学校ははっきりことばを教える使命を帯びているが、文字の読み書きを教えるのに手いっぱいで、ことばの育成などを考えることもない。ことばはもともと、話しきく音声であることすら認識しない。なんとなく話すことばは、文字より低いように考えて、リテラシー（読み書き能力）を学習目標にしている。これは、日本だけのことでなく、欧米においてもあまり変わるところはないようである。

こどもは、学校の国語教育によって、ことばについて学ぶところは、まことに限られている。漢字を用いる点で、日本のことばは特異であるが、そんなことを考慮してことばを教えることはまず皆無だ、としてよいだろう。小学校で英語を教えるようになったが、ここではそれ以前の話をしたい。

中学校へ入って英語を学ぶようになるが、国語と英語が同じように〝ことば〟言語であるとも知らず、まったく別のことばとして学習する。そして、運がよければ、大きな知的刺激を受けることができる。日本語と英語の文法を比較するというようなことは、中学生の思い及ばぬところである。だいいち、小学校六年の国語の勉強で、文法について何ひとつ教わることがない。すくなくとも多くの小学校では書くこともまっとうに教えなかったくらいである。文法など無用の長物と教師も考えていたのである。それで英語の勉強を始めるとたちまち英語がきらいになる。かといって国語が好きになるのでもなく、むしろ、国語を見下ろすような気持を芽生えさせる。英語好きなこどもは概して国語をおろそかにする。

英語の文法で、第一人称、第二人称、第三人称の区別を知る。国語の教育をまっとうに受けていれば、そこで大いにおどろき、新しい世界を垣間見る思いをするはずである。知的好奇心を刺激されて、新しい経験のいと口になるところであるけれども、国語教育の不備のため、ただ知識として覚えるだけだ。

日本語では、古来、人称の概念がはっきりしていない。自称と他称くらいの区別はあるが、それに動詞が対応して変化するというようなことがない。英文法の第一人称、第二人称、第三人称の範疇は、新鮮、刺激的であるはずであるが、教える側にその知見と素養が欠けているために、たんなる文法知識に終わる。

すこしでも、日本語の文法について考えたことがあれば、英語との違いがおのずからはっきりして、おもしろくなる。

たとえば、親が子に

「お父さんが買ってあげよう」

と言ったとする。この〝お父さん〟は、第一人称か、第三人称か、または第二人称か。そんなことを考えるのは異常であるけれども、英文法の人称に当てはまらないことははっきりしている。本来なら、「わたし（ぼく）が買ってあげよう」となるところだが、あえて、第一人称を外して、〝お父さん〟を主語にした。〝お父さん〟はこどもの使う第二人称である。それを第一人称として使うのはおかしいはずであるが、家族において、こどもの第二人称呼びかけのことばを第一人称の代用にすることで、親子の結びつきをはっきりさせる。

学校の教師も、第一人称、第二人称混合人称をつかっている。生徒に向かって、

「ぼく（わたし）は毎日、一時間は本を読みます」

と言うところを

「先生は毎日、一時間、本を読みます」

と言う。この方が、すわりがいいように感じるのが日本語である。第一人称と第二人称が、英語ほど、対立的でなく、近いものであるのは、日本語の特色であるが、それを、どこか、おくれているように感じる傾向があるのはなぜであろうか。そういう反省をしないのは、日本は外国よりおくれているという明治以降の文明開化のコンプレックスのせいである。

「お父さんが買ってあげる」とか「先生は毎日一時間の読書をする」というような、第一人称、第二人称の流動は、もともと、人間の素朴で健康なコミュニケイションにおいては、正常で好ましい語法であったかもしれない。それがそうでなくなり、人称の区別が確立するのには、社会的な事情があったということを考えさせる。

＊

もともと、ことばは、音声が基本である。対話が大本である。ごく親近なもの同士における会話は、話し手と聴き手がたえず役割を交換するのが普通だから、第一人称、第二人称と区別する必要はない。ことばを交わすことのよろこびは人間のみ知っていることであろう。

ただし、この対話、話し合いには、距離の制限がある。対面していないと難しいコミュニケイションである。当然、ことばの流通は〝きこえる〟範囲に限られる。それより遠くの人に音声を伝えることはできない。伝言ということはあるが、対話とは性格が異なる。話すことば、〝耳のことば〟には、いわゆる〝文〟法は存在しない。しにくいのである。

声の届かないところへメッセイジを伝えたいという要求を満たすものとして、文字が出現したというか創出された。コミュニケイションにおける革命であった。

ことばは、好むと好まざるとにかかわらず、大きく変質しなくてはならなくなった。文字は目のことばで、遠隔の受け手にメッセイジを伝えることができるのは、人間に新しい世界を創ることになった。音声はその場限りで消えてしまい、保持、再生することはできないが、文字の表現は〝記録〟であるから、遠くへ伝えることもできれば、時間的にはなれた未来に向かって発信することができる。手紙が可能になったのも文字のおかげであるし、歴史というものが存在するようになるのも文字があればこそである。語り部が伝えてきた過去は、史部《ふびとべ》によって文書、記録になったのである。

ここで、注意すべきことは、文字の出現によって、発信、受信、つまり、第一人称と第二人称が、半ば固定化したというのが一点、もうひとつは、対話、おしゃべりのときの主客の関係が平等、対等の関係から、第一人称上位、第二人称従位に向けてすこしばかり動き出したということである。文字のことばは話しことばに比べて〝貴族性〟を帯びていて、発信の第一人称はいくらかその影響によって、第二人称より優位に立ちやすい。読み書きのできるのは、社会の有力者層である時代が長く続けば、第一人称と第二人称の関係が、上下関係へ向けて動き出し、やがて固定するようになったとしても不思議ではない。しかし、文字によってたとえば文通ということが可能になったとしても、実際に、手紙などを書くというのは一部の教養人に限られていたことを考えれば、第一人称と第二人称の関係も、なお対等、平等の性格がつよかったと想像される。

特定の相手に宛てられた表現は、社交の原理に支配されて、相手を高め、敬意を表する修辞を発達させる。失礼な手紙を書くのは恥であるとされて、庶民は文通をあきらめることもあるだろう。それにもかかわらず、文字表現はかなりデモクラティックであったと想像される。

それが劇的に変化させる新技術があらわれて言語はまた新しい革命的変化を受けることになった。もっともそういうのは西欧のことで、日本はその圏外にあったため、言語文化も独自の歩みをすることになった。西欧の人たちが、日本語に対して異和を感じるのも一部、そこに起因していると考えられる。

前にも書いたことだが、かつて、アメリカの雑誌「タイム」が日本語のことを「悪魔の言語」と呼んだのもその一例である。

日本語は西欧語とは大きく異なるが、異なっているのは、おくれているためであるとか、間違っていると考えるのは、第一人称文化の思い上がりである。日本のことばは、ヨーロッパの言語のような革命的変化を受けるのが、ずっとおくれたのである。

＊

ことばの送り手・受け手の関係を決定的に変えたのは印刷・出版の出現である。

印刷が世界でもっとも早くはじまったのは中国であるといわれるが、漢字の数が多いこともあり、のちにヨーロッパでおこる活字印刷の技術とはならなかった。

印刷文化はその活字印刷によっておこった。一本一本の活字を組み合わせて、整版、印刷する。アルファベットの数は二十六文字だから、活字をつくるのは容易であり、したがって印刷の発達は急速であった。東洋は、わが国もそうだが、この活字印刷による文化革命の圏外にあった。このことが、東洋と西欧を文化的に大きく分けることになった。

グーテンベルクの印刷創始は十五世紀であるが、かなり長い間、社会を動かすには至らなかった。はじめのころは、不法出版、反体制文書などを広めるとして、権力、社会から冷たい目で見られることも少なくなかった。ごく最近まで出版物に検閲ということが行なわれ、出版物にも発禁があったりするのは、いくらかはもとの批判的受容の名残りと見ることができる。

それとは別に、印刷によって、ことばの送り手と受け手の関係が大きく変化することになる。それまでのコミュニケイションにおける送り手・受け手が水平関係が主であったとするならば、印刷、出版によって、両者の関係は送り手・書き手を上位とし、受け手、読者を下位とする垂直関係へと移行をはじめて、やがて、はっきり、書き手の優位が確立するまでになる。

それがもっとも早く形式化したのは、イギリスである。一七〇九年、イギリスはヨーロッパ諸国の先頭を切って、著作権法を制定して、著作者の経済的権利を保証した。本の著者は、その本の販売、頒布について排他的権利を法律で保証されるのである。それまでの著作者は、印税を知らなかったが、著作権法で印税を受けることになった。みだりに他人の書いたものを出版すれば罰せられる。著作者の社会的地位はとみに上昇した。(日本は、印刷革命の枠外にあったから、明治になるまで著作権法を知らず、戦後になっても、なお、よくわかっていない作家がいたくらいで、海賊出版国のようにいわれなくてはならなかった。)

作者、著者 author は権威 authority をもつようになって、あわれをとどめたのは、読者である。金を出してありがたく本を買うのに、まるで存在を認められないものになってしまったのである。

送り手、原稿を書く人は、実在としての読者を見失ってしまったのに、なんとなく、実在するような錯覚をもってものを書く。仮想読者をイメージしないと、ものは書けなくなり、プロのもの書きができる。

十八世紀ころまで著者は、文中で読者に呼びかけるものもあって、第二人称読者が活字の上では存在したが、多くは、第二人称ではなく、第三人称として考えられた。はじめは、単数読者で考えられていたようだが、商業出版がだんだんさかんになるにつれて、複数化し、あいまいな存在になっていく。ベストセラーの読者、マスコミの読者はこの第三人称複数の名もなき受け手である。

読者としてみれば、著作者から無視されたらおもしろくないはずで、反抗してもよいところだが、実際は逆。著作者が遠くなればなるほど、つよく、意識され、ときにはあがめるようになる。いわば神のように作者を崇拝するところから、ロマン主義が生まれる。その流れは二十世紀になっても文学青年、哲学青年がその伝統を維持継承した。現在において、作者をあがめる読者の心理は、急速に減少しつつあるが、なお、存在して、出版文化を支えている。

ことばの問題として考えると、印刷出版の時代、社会には、文章と会話の距離が大きくなる。対面、会話の人が、口語を使うのは自然だが、それを書きことばで反映すると、冗長で、まどろこしくなる。簡潔、含蓄のある文語体が必然となる。著作者は文語体の名手であるのがのぞましいから、文章修行が必要である。

文語体では、書き手ははっきりしているけれども、読み手は不分明ではっきりしない。相手のさだかでないことばは放言に近くなるが、文語体はだいたいにおいて、一方的伝達の性格がつよい。話しことばに比べて文章はどこかつめたい、実感もうすいのが一般である。

日本は、さきにものべたように、印刷革命を経験することがなかったけれども、この文語と口語の差がきわめて大きく、きわ立っており、明治になって欧米からことばをとり入れようとして、日本語の言文別途がきわ立っていることに驚き、あわてて、言文一致運動を始めた。それから百十年以上になるが、なお、言（話しことば）と文（書くことば）は大きく離れたままである。

（エピソードがある。戦後、ジャパノロジストという分野の研究者がふえて、京都でジャパノロジストの世界大会がひらかれたことがある。各国の研究者が集まった。その中にアルゼンチンから来たひとりの学者がいた。発表する原稿をたずさえて会場にあらわれたその学者は、おどろく。発表者がみんな「です・ます」の口語体を使っているではないか。この人は本だけで日本語をマスターした人で、日本は言文一致になっているということも知っていたから、「である」体で原稿を書いてきたのである。それなのに、どの発表者もみな「です・ます」でやっている。どうしたことか、というのであった。）

「である」体は、一方的で通達に適している。「です・ます」は、いくらか相手を意識していることばづかいである。前者がタテ型コミュニケイション、一方的伝達のニュアンスがあるのに対して、後者は、やや、ヨコ型コミュニケイションである。この二つが、なかなか合体しないのは、それなりの事情があって、いわゆる言文一致運動くらいでは解決しないのは是非もない。

「です・ます」は、話しことばを代表しているから、印刷出版にとっては異質の文体であるけれども、戦後になって、こども向けの読みものや女性読者向けの雑誌などに、あらわれるようになった。いまのところ、新聞も「である」であるが、行政の広報紙など上から下への通達と受け取られるのを嫌うところが「です・ます」を使って、親しみを出そうとしている。一般の新聞が、いつ「です・ます」体になるか、ことばを気にする人は興味をもって見守っている。

タテ型文化の中で生まれた、短歌、俳句などが、いつ口語体を基調とするようになるのかも同じくらい注目される。

私は、六十年前から、外国語、英語の本を読んできた。その間、いつも書き手をしっかり見すえるということができないのを、もどかしく思ったり、自分の非力のせいだと思ったりしていた。そして、著作者は読者に君臨する暴君のように思ったこともある。読者がまったくとるに足りない存在であるのはフェアでないと感じるようになった。多少の曲折を経て、読者研究を志すようになる。

そして、著作者上位、読者従属の関係をはっきり認識することができるようになった。それと同時に、この上下関係というものは必然的ではなく、印刷文化の中において生じた、ひとつの現象であると考えるようになった。送り手と受け手は同列の関係であっても悪いわけではなく、それによって新しい文化が生まれる可能性のあることをおぼろ気ながらわかったような気がしている。こういう考え方からの読者論は、外国にもまだないような気がする。

ヨーロッパの印刷革命と無縁であったことが、日本にとって幸いであったか、不幸であったか、にわかには決められない。いまさら、何百年も昔のことをあれこれ言うのはおかしいのである。

そうとわかっているが、タテ型の印刷コミュニケイションがはっきりしなかった代わり、かつて日本にはヨコ型、水平コミュニケイションが発達したことは見のがしてはならないだろう。

何かというと、連句、俳諧である。印刷文化では、作者と読者が固定している。

読者がその場で作者になることは考えられない。西欧では詩人が詩作品を発表すると、詩人の顔を見たこともない読者がそれを読む、という形式は確立しているが、俳諧においてはそうではない。

発句を詠んだ人が、付け句をつけるのではない。一座にいる受け手の一人がつぎの句を作って作者になる。それを受けてまた他の人がその先の句をつける。こうして歌仙をつくり上げる。作者と読者と、随時、役割を交換するところがユニークで、世界の文学に比類を見ない。その論理を借りて映画理論をつくり上げたソ連のロシア人もいる。

そういう文化的風土があったから、大正期になって、座談会記事というのが生まれた。菊池寛の「文藝春秋」ではじめて話題になったが、世界に前例がなく、たいへんおもしろい読みものが生まれるので、たちまち流行、模倣するものが相つぎ、いくらか新味を失ったけれども、一座のめいめいがおしゃべりをして気心を通わせるジャンルとして注目される。シンポジウムとは趣を異にする。

＊

印刷に次ぐコミュニケイションの大きな変化は、放送である。〝放送〟は英語のbroadcastingの訳語で、もとの英語は広く伝えるの意であり、ニュースなどをふりまくというニュアンスがある。一九二二年、イギリス放送協会（British Broadcasting Corporation, B.B.C.）ができて放送を始めた。日本では、一九二五年に、これをそっくりまねた日本放送協会ができて、ラジオ放送を開始した。

音声を遠隔地へ、無線で広く放送するというのは、まったく新しいコミュニケイションである。イギリスでも、これで新聞は消えてなくなるだろうと心配する人たちもいた。従来の受け手に当たるものとして、聴者（listener）があらわれることになり、B・B・C・は、「リスナー」という雑誌を発行して新しい受け手を普及させようとした。リスナーは、リーダーとはまったく違った受け手であるから、ラジオの普及によって、読者は打撃を受けるはずであった。ところが、実際は新聞の読者が放送の影響を受けることはすくなく、むしろ読者が増えたくらいだった。

戦後になって、テレビジョンがあらわれ、またたく間に普及した。テレビはラジオより技術的に進んでいて映像を送ることができる。聴者、リスナーではなく、視聴者があらわれたが、放送局から電波で、ブロードカーストしている点は変わるところがない。言いかえると、送り手は受け手を確保することなく、映像、情報をばらまく、放送している点で、ラジオとテレビは同類である。受け手を確保し、その反応をじかに知ることができないところが、放送の泣きどころである。放送する側は受け手をとらえることに腐心した結果、視聴率というものを考え出し、それで受け手の反応を知ろうとするのだが、数字はものを言わない。コミュニケイションは、印刷文化の始まったときから、ずっとものを言う受け手を欠いたままであったが、ラジオ、テレビでも、同じように受け手はものを言わない。ただ、視聴率を知ることができるようになって、受け手は数字では存在を主張するようになった。放送関係者は、この視聴率の数字をひどく怖れ、それに一喜一憂するようになり、受け手は、無言ながら存在を明らかにするようになって、これが政治の世界でも波及し、支持率の数字が政治を動かすところまでになった。

印刷革命以来、姿なく、声なき受け手は、マスコミ社会になって数字の形ではあるが、送り手に、いくらか反応を返すようになったのである。出版物、放送などの送り手は、もともと、受け手より上位に立っていたのだが、マスコミにおいて、マスが数値化されるようになって、受け手の存在を抽象的に表現した。受け手の地位が向上しつつある。コミュニケイションのデモクラシー、送り手と受け手が対話する状況に向かって、動き出していると考えてよいし、受け手の解放といえるかもしれない。

相手を確認することなしに、メッセージを発してきたのは、出版、新聞、ラジオ、テレビなどを通して、一貫、共通している。本も新聞もラジオ、テレビも、はっきりしない、顔の見えない相手に向かって、メッセイジを発信している点で、一方的、独善的である。しかし、受け手はそれをおおむね無批判に受け入れてきたのである。第二人称不明確な中での第一人称文化であるといってもよい。

そういう送り手中心文化の性格を明るみに出したのが、通信のメディアである。放送よりさきに電話という通信が行なわれるようになったことを現代の人間は忘れているかもしれないが、通信の原型は手紙で、手紙は受け手を十分考慮して書かれる。読者を想定しないで本の原稿を書く著作者とは違って、個人的感情がこめられ、血の通ったコミュニケイションである。電話が、印刷や放送とまったく違った性格のコミュニケイションであることをごく最近まで、はっきり認識する人がすくなかった。受け手を考慮すれば、通信は放送、出版よりヒューマンな様式であることはなおよく理解されていないように思われる。

通信が放送よりすぐれているのは受け手が確定しているからで、受け手からのフィードバックは放送には不可能に近いが、通信では当たり前のことである。受け手が送り手より下位にある状況では、これが重視されにくい。電話が、ラジオ、テレビより早くから普及していたのにもかかわらず、社会的変化をおこすことがすくなかったのは、受け手のステイタス向上がともなわなかったためである。第一人称中心文化では、第二人称（受け手）が軽んじられる傾向があることが、現代はようやくはっきり認められるようになった。

そういうわけですでに通信革命がおこっているとは断言できないけれども、これからおこる可能性は大きいと考えられる。

きっかけは、携帯電話である。

ケイタイがあらわれたのはつい最近のことだが、またたく間に広まって、若い世代でケイタイをもたない人は例外的である。いつどこからでも遠くの相手とことばを交わすことができる、というのは、これまで想像もしなかったことである。ケイタイをもつと、そのとりこになるのは、これまでの送り手中心のコミュニケイションにない〝おもしろさ〟〝たのしさ〟〝あたたかさ〟など、人間味が伝わるからであろう。この新しいコミュニケイションには人を酔わせる力がある。いまはまだ動き出したばかりの通信革命だが、やがて、印刷文化、放送文化とは違った新しい文化を創り出すはずである。そうなれば、第一人称と第二人称を固定する従来の文法に新しい修辞が生まれるのも不可能ではないように思われる。

活字ばなれ、本ばなれも、通信革命の前ぶれであると見ることもできる。ケイタイ文化が進めば、これまでとは違った新しいコミュニケイションの様式が生まれるだろう。第一人称と第二人称の関係が随時交換されるとなれば、おのずから、水平コニュニケイション文化が展開すると想像される。

印刷革命以降、ほぼ五百年つづいた第一人称中心の発言文化は、ここへきて移動体通信によって新しいライヴァルと遭遇することになった。それを一般はまだ気づいていない。第一人称中心のことばは放言、放送の性格がある。第二人称のことはほんのすこししか考えない。文語文法とパブリック・スピーキングを通して、それを考慮に入れることができれば、本当の通信革命になる。

新しい修辞学が求められている。

あとがき

長い間英語の勉強をしてきて、自分では努力したつもりながら思うように進歩せず、自信を失いがちになって退屈した。そんなあるとき、ことばはパロール（個人的活用）とラング（社会的知識）の二面のあることを知って、目の覚める思いだった。それまで自分が苦労していたのはパロールの英語で、ラングなら追随、模倣からも解放されて、独自の知見を得ることができる。そう考えるとそれまで眼中になかった日本語が新鮮に見え出した。

それで外国人の真似でない仕事ができそうな気がしたが、教えてくれるものがなく、手本もない。独立独歩、頼るは己が思考のみと覚悟する。

英語を日本語と比較するのではない。比較はできないが、両者を考えるのはおもしろい。おのずから浮かんでくる問題は刺激的であった。

その間に、知識より思考の方がおもしろい、知ることより考えることの方が価値がある、という信念のようなものができた。

日本語、英語の区別なく、おもしろいことを見つけて自分なりの理屈をつけるのが、思いもかけず、愉快であるということに気づいたのは、そろそろ老人といわれる年になってからだが、考えていると年齢など忘れるようであった。

この本に収めたエッセイはいずれも、そうして生まれたものである。読者にとって目ざわりなところがあれば、寛容を乞いたい。

出版に当たっては、大修館書店編集第一部の山田豊樹さんからとくべつお世話を受けた。とくに記してあつく感謝する。

二〇一二年　九月八日

外山滋比古

[著者紹介]

外山滋比古（とやま　しげひこ）

1923年愛知県に生まれる。東京文理科大学英文科卒業。雑誌『英語青年』編集、東京教育大学助教授、お茶の水女子大学教授を経て、同大学名誉教授。
著書に、『修辞的残像』、『近代読者論』、『日本語の論理』、『異本論』、『思考の整理学』、『俳句的』、『日本語の作法』など。

ことば点描《てんびょう》

NDC800/ vi ,170p/19cm

初版第1刷——2012年10月20日

著者————外山滋比古《とやましげひこ》
発行者————鈴木一行
発行所————株式会社 大修館書店
〒113-8541　東京都文京区湯島2-1-1
電話 03-3868-2651（販売部） 03-3868-2291（編集部）
振替 00190-7-40504
［出版情報］http://www.taishukan.co.jp

装丁・本文デザイン————井之上聖子
挿絵————石橋富士子
印刷所————広研印刷
製本所————ブロケード

ISBN978-4-469-21341-6　Printed in Japan

好評発売中

昭和が生んだ日本語

戦前戦中の庶民のことば

遠藤織枝　著

●本体1500円（四六判・216頁）

男も指した「大和なでしこ」、目上にも言えた「あなた」という呼称、戦時中も意外と使われたカタカナ語、独特の皇室敬語、文字ばかりの説教調広告に美辞麗句あふれる記事…。当時の新聞雑誌・ラジオドラマから、今につながることば、消えてしまったことばを読む。遠ざかりゆく昭和という時代前半の日本語の物語。

春夏秋冬　暦のことば

岡田芳朗　著

●本体1400円（四六判・166頁）

初夢、啓蟄、八十八夜、三伏、二百十日、酉の市…。こよみのなかには、四季の変化をあざやかに映しだし、人びとのくらしの指針となってきた、豊かなことばの世界がひろがっています。その意味や由来、興味尽きないエピソードを集めた一冊。碩学がやさしくつづる、ことばの歳時記を、ゆっくりひもといてゆきましょう。

定価＝本体＋税5％（2012年10月現在）